Ein Leben am Scheideweg

Von **Manfred Walter Wengler**

Vorwort

Die Welt in der wir leben scheint mir nicht mehr lebenswert. Die Reserven so endlich, werden ohne Rücksicht auf unsere Nachkommen ausgebeutet. Profitgier bestimmt leider verstärkt diese Zeit. Billig produzierte Waren überschwemmen immer wieder den so genannten Markt. Das nachhaltig produzierende Handwerk wird leider durch billig produzierende Konkurrenz ausgehebelt. Nachhaltigkeit und sparsamer Umgang mit den Ressourcen ist doch das oberste Gebot um das Überleben der Menschheit zu sichern. Aber die Welt steuert ganz offensichtlich auf den sicheren Untergang zu. Nichts wird überzeugend getan, um die Mitgeschöpfe und uns selbst vor dem Untergang zu bewahren. Geld und Gier bestimmen diese Zeit.

Diese Fakten entsprechen aus meiner Sicht dem heutigen Weltbild und so erlaube ich mir, sie als Einstimmung auf mein jetziges Buch zu verwenden. In so einer Überflussgesellschaft, geprägt von Verschwendung und Vernichtung, sollten wir viel öfter in uns gehen und über den Sinn des Lebens nachdenken.

Auch der „reale Sozialismus" war davon verseucht, nicht der „Sozialistische Wettbewerb" war seine Triebkraft, nein, auch hier war stets die „Neu- Gier", mit Betonung auf Gier bestimmend, auch hier beeinflussten sie das Alltagsgeschehen, der persönlichen Bereicherung und der Selbstgefälligkeit, wurden die eigentlichen Ideale des Sozialismus geopfert.

Schade, denn damit wurde eine riesige Chance vertan, nicht das Allgemeinwohl sondern Falschheit, Doppelzüngigkeit und Egoismus bestimmten unseren Alltag und das jeden Tag, wer anderes behauptet, ist und bleibt ein verblendeter Träumer. Oh, wie wurden die Lehren von Marx, Engels und Lenin zurechtgebogen, schon Stalin war darin ein Meister. „Väterchen Stalin" wurde er von seinen verblendeten Gefolgsmännern gern genannt, doch seien wir mal ehrlich, zu den Opfern seiner Macht zählten mehr Tote als die von Hitlers Faschisten dahingemordeten Russen, Juden, Schwulen, Kommunisten, Andersdenkende.

Lass uns wachsam sein, dass solche Diktatoren nie mehr unser Leben bestimmen, lasst uns wachsam sein, denn dem braunen Mopp scheinen in Europa wieder Tür und Tor geöffnet.

Es lohnt sich auch die Webseite von Mathilde Gläser zu besuchen und mit ihrer

Lyrik in ihre Gedankenwelt einzutauchen. Meine Empfehlung: https://mathildeglaeser.blog .

Alte und neue literarische Ergüsse aus meiner Feder, oder auch Gepinseltes findet ihr bei Wordpress unter:

https://walter2017site.wordpress.com

Prolog

Der Winter hatte sich nun endgültig verabschiedet. Die Sonne kroch langsam hinter den Wolken hervor. Es war Samstagvormittag, alles noch wie im Halbschlaf.

Er stand auf dem Balkon des Studentenwohnheimes in der neunten Etage, ließ seinen Blick in die Ferne schweifen und grübelte. Was sollte er tun? Was ist richtig, was falsch? Soll es das schon gewesen sein? Er ist gerade mal achtundzwanzig, hat den Großteil seines Lebens noch vor sich, wenn da nicht die verfahrene Kiste wäre.

Immer hat er versucht sein Bestes zu geben, war im Verband engagiert, im Studium stürmte er immer vorne weg, war als Beststudent ausgezeichnet und wollte doch jetzt als Assistent auch nur an seine bisher guten Leistungen anknüpfen.

Doch irgendwie ist er leer, wie ausgebrannt, selbst der Gedanke an Frau und Kind, die unten im Familienzimmer warteten, konnte ihn aus seinen trüben selbstzerstörerischen Gedanken nicht herausreißen. Wie sollte es weitergehen? Er hatte nur Fragen und keine Antworten.

Er hatte sich einen Tisch vor die Brüstung des Balkons gestellt. Wenn er jetzt springt, wie muss er seine Hände halten, so dass es dann wirklich zu Ende ist.

Er ist früher Fallschirm gesprungen. Antrainierte Reflexe für den Fall, auch den freien Fall, kann er die jetzt unterdrücken, um wirklich hart aufzuschlagen?

Ein Leben im Rollstuhl ist keine Lösung und Mitleid wollte er nicht.

Ja, so stand er nun schon seit fast drei Stunden, schaute immer wieder nach unten und war weiterhin voller Selbstzweifel, oder war da auch ein wenig Selbstmitleid dabei, wahrscheinlich.

Plötzlich sah er unten einen Sowjetsoldaten, der seinen Postengang unterbrochen hatte, zu ihm raufschaute und ihm zuwinkte...

Wie alles begann

Im Jahre 1954 gab es in der ehemaligen DDR noch keine Antibabypille, zumindest nicht auf Rezept und auch die Abtreibung eines ungewünschten Kindes war nicht legal, so war in den meisten Familien die Familienplanung mehr der fleischlichen Lust und dem Zufall geschuldet, als der akribischen Planung wie in der Neuzeit. Der Natur wurde noch freien Lauf gelassen. Und so war es geschehen, in einer kalten Herbstnacht, als sich meine späteren Eltern heißen Umarmungen hingaben, wurde ich gezeugt. Und so erblickte ich im Hochsommer des Jahres 1955 in der Klapperstorchklinik in Bad Lauchstädt das Licht der Welt. Geboren wurde ich als dritter Sohn eines Buchhalters und einer Landfrau. Sie lebten auf einem kleinen Bauernhof in dem beschaulichen Dorf St. Micheln. Es war Juli als ich die Welt erblickte. Wie ich später erfahren musste, war ich ein sogenannter „Verkehrsunfall" und damit ungewollt. Leider prägte dieses „ungewollt Sein" mein späteres Leben.

Die ersten Kinderjahre verbrachte ich auf diesem Hof zusammen mit Hühnern, Gänsen, Ziegen und Schweinen.

Wasserleitung gab es nicht, dafür hatten wir mitten auf dem Hof einen Brunnen mit einer Pumpe. Die Toilette war ein Plumpsklo gleich neben dem Misthaufen.

Ich kann mich auch noch sehr gut daran erinnern, dass ich immer auf einem

Schwein reiten wollte, stieg dafür auf den Brunnenrand und wenn eins vorbeikam, versuchte ich aufzusitzen, war damals vielleicht vier und ein unerfahrenes Kind, aber immer von frohem Gemüt, zumindest damals noch.

Mein Großvater war Bergmann und im nahe gelegenen Braunkohle- Tagebau bis zu seiner Rente beschäftigt. Die Grube war damals einer der größten Arbeitgeber in der Region, auch mein Onkel arbeitete da. Meine Großmutter war Bäuerin und das aus Leidenschaft. Unseren kleinen Bauernhof hatte sie voll im Griff. Zum Leben reichten die Erträge aus eigener Wirtschaft allerdings nicht, so arbeitete sie, wie auch meine Mutter bei der örtlichen LPG (Landwirtschaftliche Produktions-Genossenschaft), Typ III, hier wurde sowohl das Vieh, als auch der Boden in die Genossenschaft eingebracht, Ausnahme bildeten die Tiere, die für den eigenen Bedarf gehalten wurden und so gab es bei uns jährlich auch mindestens ein Schlachte- Fest, wo ein Schwein dran glauben musste.

Meinen Vater sah ich selten, meist nur am Wochenende, also Samstagnachmittag und Sonntag. Den arbeitsfreien Sonnabend gab es damals noch nicht, zumindest nicht im Angestelltenverhältnis. Da er in der Kreisstadt arbeitete und mit dem Zug täglich dorthin fuhr, verließ er sehr früh das Haus und kam erst spät zurück, da lag ich schon im Bett. Meine Mutter war als Landfrau meist auf dem Feld, so lange sie mich noch säugte, lag ich bei schönem Wetter am Feldrand und wartete auf meine warme Mahlzeit Muttermilch. Das war damals so, heute sicherlich in Deutschland ein Unding. Aber geschadet hat es mir nicht, glaube ich zumindest. So wurde meine Erziehung im frühen Kindesalter doch mehr meiner Großmutter, meinen Brüdern und dem Zufall überlassen. Wahrscheinlich bin ich dadurch so geworden, wie ich nun mal bin. Ständig versuchte ich mir und meiner Umgebung, also speziell meinen Eltern zu beweisen, dass ich doch etwas Besonderes bin und auch ihre Aufmerksamkeit verdiene. Aber das war gar nicht so einfach.

Heute wird auf jeden Pups geachtet den der kleine Hosenscheißer von sich gibt, sind ja fast alles Wunschkinder, aber damals zählten schon frühzeitig spitze Ellenbogen.

Nur die Stärksten hatten das Sagen. Aber ich war ein kleiner untersetzter blonder Hosenmatz und wurde von allen nur „Dicker" genannt. Ja richtig, in manchen Gegenden ist das so, aber bei uns traf das nur auf die wirklich Dicken zu. Das war schon eine Last, die auf meinen schmalen Schultern lastete. Aber was nicht tötet, härtet ab. Oft prügelte ich mich, wer mir dumm kam, bekam was aufs Maul. Damit verschaffte ich mir auch später in der Schule bei meinen Mitschülern Respekt. Wenn mein Gegenüber stärker war, hatte ich halt Pech, aber das geschah nicht all zu oft.

Das Wahrzeichen von St. Micheln ist eine alte romanische Kirche, die weithin sichtbar ist und die Geiselquelle. In St. Micheln wurde ich siebenjährig als stolzes Schulkind in die damalige Talschule eingeschult. Hier war es noch üblich, dass ein Lehrer gleichzeitig drei Klassen in einem Raum unterrichtete.

An heißen Sommertagen lieferten sich die Dorfkinder oft auf der Geiselquelle in Zinkwannen, die als Boote umfunktioniert wurden, regelrechte „Seeschlachten", das war für uns ein richtiger Gaudi und wenn die „gegnerische" Badewanne versenkt wurde, jubelten wir über den errungenen Sieg. Meist fielen wir dabei auch selbst ins Wasser, aber das störte uns nicht, wir hatten unseren Spaß, wir waren Kinder.

Oft trieb es uns in den nahe gelegenen Wald, dort gab es auch eine Menge Kalksteinhöhlen. In dem Gebiet wurde der Kalkstein regelrecht abgebaut und so hatten die Dörfler auch den Beinamen „Steinpicken". Für uns waren die Höhlen natürlich der reine Abenteuerspielplatz. Drin verlaufen hatten wir uns nie, dafür sorgten wir mit Bindfäden und Ruß- Zeichen an den Wänden.

Auch haben wir viel gefochten, als Säbel nutzten wir alles vom einfachen Stock bis hin zum selbstgefertigten Holzschwert.

Räuber und Gendarm war auch sehr beliebt, mein großer Bruder versorgte dazu das halbe Dorf mit selbstgebauten Holzwaffen, er war Meister im Waffenhandwerk, vielleicht war das auch ein erster Schritt in seine spätere Berufswahl. Ich, als kleiner Dicker, war immer froh, wenn ich mit den Großen mitspielen durfte. Ja, unsere Kindheit spielte sich vorrangig im Freien ab, Computer, wie heute gab es nicht, wir waren keine Stubenhocker.

In St. Micheln wohnten wir doch sehr beengt, das Leben spielte sich zu meist in der Küche ab, die gute Stube das Wohnzimmer war Festen und Feiertagen vorbehalten. So waren die Geburtstage der Großeltern immer ein Höhepunkt, wo sich die alten Frauen und Männer aus dem Dorf immer trafen. Mein Bruder und ich mussten des Öfteren für kulturelle Einlagen sorgen, in dem wir für die alten Leute Heimatlieder sangen. An den Sonntagen besuchten wir mit unserem Vater zu meist das Waldhaus, er trank sein Bier, wir so schöne rote Fass Brause und eine große Rutsche gab es dort auch. Zu Weihnachten baute unser Vater die elektrische Eisenbahn auf, wo jedes Mal eine Erweiterung der Anlage dazu kam. Das war ein schönes Spielzeug, aber vor allen doch auch für unseren Vater.

1963 zogen wir in die Kreisstadt und ich kam in eine neue Schule. Mein Vater hatte jetzt einen kürzeren Arbeitsweg, Mutter ging an meine Schule als ungelernte Erzieherin. Doch das war für sie keine Dauerlösung.

Bald entschied sie sich für ein Fernstudium, denn Lehrer zu werden, war schon als Kind ihr Traum.

Was wollen wir von der Stadt wissen?

Wenn wir mit dem Zug durch Merseburg fahren, der Stadt unterm ewig grau verschleierten Himmel der Chemiewerke, im Norden BUNA, im Süden LEUNA, huschen die Türme vom Schloß, der Kirche St. Maximi und der Sixti- Ruine mit dem Wasserturm hinter dem sonnendurchglitzerten Gesprüh der Fontäne im Gotthardteich an uns vorbei. Diesen Eindruck nehmen wir mit auf unsere Reise.

Merseburg hatte schon eine über 1000 Jahre währende Geschichte hinter sich. Einst, in der Zeit von Heinrich I., entstand hier an der Saale eine Burg, erbaut zum Schutz und als Brückenkopf gegen die

Slawen, welche auf der anderen Seite des Flusses siedelten.

Auch entstanden, so die Überlieferung, die in althochdeutsch verfassten Merseburger Zaubersprüche, die zum ältesten überlieferten deutschen Schriftgut zählen. Sie stammen aus dem 10. Jahrhundert und wurden vor reichlich 150 Jahren in der Merseburger Dombibliothek zufällig aufgefunden: „Bein zu Beine, Blut zu Blute, Glied zu Gliedern, als ob sie geleimet sein ..." so lautet einer, der den Umgang mit einem gebrochenen Bein beschrieb.

Ja, vor vielen Jahrtausenden sind Menschen durch dieses Land gezogen, Steinzeitjäger durchstreiften es, in den Wäldern suchten sie Nahrung, Beeren, Wurzeln, wilde Früchte, fingen in den Flüssen Fische. Auf dem durch Sümpfe bedingt durch die Flussläufe der Saale, Geisel und Klia durchzogenes Land, siedelten sie schon in den frühen Jahren der Menschheitsgeschichte. Auf deren geschützten Burghügel haben sie ihre Siedlungen errichtet und heiße Kämpfe um diese naturgegebene Volksburg ausgetragen. Menschen der Steinzeit und Bronzezeit haben

*darauf ihre Spuren hinterlassen, die Grä-
ber ihrer Toten zeugen davon.*

*Im 10. Jahrhundert vereinnahmte der aus
liudolfingisch- sächsischem Haus stam-
mende Herzog Heinrich, weite Teile der
Grafschaft Merseburg durch die Heirat mit
Hatheburg, der Tochter des Merseburger
Grafen Erwin, „wegen ihrer Schönheit und
Brauchbarkeit des Erbes", so formuliert
vom Bischof Thietmar, in seinen Besitz.
Mit der Übernahme der reichen Güter im
Saalebogen erweiterte sich der Machtbe-
reich der Liudolfinger weit nach Osten
aus. Die Saale wurde zur vorläufigen politischen und ethnischen Grenze zu den
jenseits des Flusses siedelnden slawi-
schen Volksstämmen.*

*Herzog Heinrich vereinigte die deutsch-
stämmigen Kleinstaaten und wurde später als König Heinrich I. gekrönt.*

*Unter dem Machteinfluß von Heinrich I.
entwickelte sich Merseburg zu einem bedeutenden Machtzentrum an der Ost-
grenze des entstehenden deutschen Reiches.*

Er ließ im südlichen Bereich des Burghügels eine Pfalz errichten, die neben der prunkvollen Hofhaltung besonders durch ihre Leistungsfähigkeit im ganzen Reich berühmt wurde.

Merseburg gewann immer mehr an Machteinfluß.

Hier fanden auch die Auseinandersetzungen im Zusammenhang mit dem Investiturstreit einen Höhepunkt, als der im Westen des Reiches gekrönte Gegenkönig Rudolf von Rheinfelden, Herzog zu Schwaben und Oberhaupt der Fürstenopposition gegen Heinrich IV., am 15. Oktober 1080 nach der Schlacht von Hohenmölsen in Merseburg seinen Verletzungen erlag. Seine Grabplatte, ein Meisterwerk frühromanischer Bronzegießkunst, kann man heute noch im Merseburger Dom besichtigen. Es ist das älteste skulpturale Grabmal in Deutschland.

Heinrich I. wird als Gründer der Stadt Merseburg angesehen, obwohl Ortsname und Burgenliste bereits um 850/890 die Ansiedlung als „Mersiburc civitas", in der Liste des Hersfelder Zehntverzeichnisses zu finden war.

Sein Sohn Otto, der Große, der erste deutsche Kaiser, gelobte im Jahr 955 vor der Schlacht auf dem Lechfelde gegen die Ungarn, im Falle eines Sieges zu Ehren des Heiligen Laurentius in Merseburg ein Bistum zu errichten. Dem Versprechen folgend wurde Merseburg im Jahre 968 zum Bistum erhoben. Hier entwickelte sich rasch unterhalb des Domes die eigentliche, bürgerliche Stadt zwischen Klia und Geisel.

Hoch über der Stadt thront noch immer der Merseburger Dom, dem beginnend durch die Grundsteinlegung von Bischof Thietmar im Mai 1015 für eine neue Bischofskirche, durch zahlreiche Umbauten und Erweiterungen bis 1230 der Dom die westliche Vorhalle mit dem Turmmittelbau erhielt, welche ihm die unverwechselbare Außenansicht gab. 1510 begann auf Weisung vom Bischof Tilo von Trotha der Neubau des Langhauses. 1517 wurde die spätgotische Halle mit ihren Staffelgiebeln und dem Relief- und Wappenschlußsteinen geschmückten Netzgewölbe geweiht. Um 1535 schuf Hans Möstel das Schlaufengewölbe der Vorhalle und die Westtürme erhielten die spitzen Schieferhelme.

Der südlich der Kirche gelegene Kreuzgang erhielt seine Gestalt zwischen 1250 und 1350. Nur das Tonnengewölbe an der Johanneskapelle, der Tonsur, stammt aus romanischer Zeit. Weithin bekannt ist der Dom auch durch seinen Ladegast- Orgel, von 1855, (heute fast 5800 Pfeifen in den 81 klingenden Stimmen) die zu den Größten seiner Art Europas zählt.

Dr. Martin Luther hielt 1545 in der Reformationszeit zwei Predigen, die in Schriftform in der Domstiftsbibliothek zusammen mit den Merseburger Zaubersprüchen, aus dem 10. Jahrhundert und mehreren Buchillustrationen, wertvollen Urkunden und Schriften aufbewahrt werden. Seit der Reformationszeit ist die ehemalige Bischofskirche ein evangelisches Gotteshaus, das heute dem Gemeindegottesdienst und kirchlichen Veranstaltungen dient.

Ich selber besuchte den Dom später gern zu den Merseburger Orgeltagen und lauschte den Klängen, am liebsten den vom Altmeister Bach überlieferten Stücken.

Geschuldet dem Ehrgeiz meiner Mutter besuchte ich ab der dritten Klasse die Altenburger Oberschule, eine Schule mit erweitertem Russischunterricht, welche im Stadtzentrum in der Nähe des Doms lag. So hatte ich in der Woche zwar jeden Tag das erhebende Gefühl am Merseburger Schloß und seinem Schloßgarten vorbei zu laufen, aber der Schulweg dahin dauerte mehr als eine Stunde. Das kostete mir viel Freizeit, oft verfluchte ich sie dafür mir das angetan zu haben. So hatte ich zu den wenigen Kindern unserer Siedlung kaum Kontakt. Des Öfteren besuchte ich nach der Schule auch das Merseburger Schloß. Durch ein schmiedeeisernes Tor gelangte ich auf den Schloßhof, wo mir zuerst der Käfig mit dem Raben ins Auge fiel. *Oft las ich die Sage dazu.*

Als zu Zeiten des Bischofs Thilo von Trotha, der von 1466 bis 1514 regierte, er eines Tages einen kostbaren Ring vermisste, wurde der treue alte Diener des Diebstahls bezichtigt. Der Unschuldige sei hingerichtet worden und sprach zuvor, dass er seiner Unschuld zum Beweise kopflos die Hände zum Himmel strecken wird und so geschah es auch. Ein Relief an der Schloßwand zeugt heute noch vom damaligen Unrecht. Bei späteren Renovierungsarbeiten an der Schloßfasade fand man den Ring in einem Rabennest. Seither wird stets ein lebender Rabe zum Gedenken an Thilos voreiligen Urteilsspruch in diesem Käfig im Schloßhof gefangen gehalten. Der Rabe büßt noch immer für das Verbrechen seines Ahnen, oder auch die Schuld des Bischofs, wobei ich erwähnen muss, dass, wie am Käfig zu lesen ist, die Naturschutzbehörde ihre Erlaubnis dazu erteilte. Alles hat somit seine Ordnung. Aber für den Raben wird hier gut gesorgt, seine Geschwister in der Freiheit sind vom Aussterben bedroht.

Ob nun aber Bischöfe, kurfürstliche Administratoren oder Herzöge auf dem Schloßberg thronten, für Merseburgs Bürger machte es wenig Unterschied, sie arbeiteten und mühten sich, trieben Handel, verrichteten ihr Handwerk, brauten Bier oder gingen Fischfang in Saale, Klia und Geisel nach, sie bauten Häuser und verloren sie durch Brände und Krieg.

Nach 1815 wurde Merseburg preußisch. Den Merseburgern gefiel das wenig. Da *nun die Stadt zur Hauptstadt eines Regierungsbezirkes avancierte, kamen eine Unmenge an Beamten und eine Garnison Soldaten in die Region. Kastengeist, Bürokratie und Engstirnigkeit nahmen Merseburg gefangen.*

Hungersnot und Teuerung in Preußen führten im Frühjahr 1847 zu Unruhen auch im Merseburger Land. Husaren schlugen eine Hungerdemonstration nieder. Die revolutionären Ereignisse des Jahres 1848 gingen an der Stadt Merseburg auch nicht spurlos vorbei, es gründeten sich eine Reihe von politischen Vereinen, der „Konstitutionelle Klub", ein republikanischer Bürgerverein, dem vorwiegend „Personen der unteren Volksklasse" angehörten. Sie hielten dann auch den Bahnhof besetzt um Truppentransporte nach Berlin, die dort die Revolution niederschlagen sollte, aufzuhalten. Sie blockierten mit einer Barrikade die Gleise. Den Staatsstreich der Konterrevolution konnten sie allerdings nicht verhindern.

Im November 1964 erhielt unsere Familie Zuwachs, unsere kleine Schwester Karin wurde geboren. Sie war niedlich und wurde natürlich von uns allen verwöhnt.

Für meine Mutter bedeutete das eine neue Herausforderung, denn sie war noch beim Fernstudium und so galt es Familie, Beruf, Fernstudium und jetzt noch Karin unter einen Hut zu kriegen. Aber im Großen und Ganzen meisterte sie das fabelhaft.

Wir die drei Jungen hatten unser Schlafzimmer in dem Zweifamilienhaus oben unterm Dach. Morgens weckte uns Mutter über die Hausklingelanlage und ich als Kleinster musste immer zur Tür um zu fragen, wer geweckt werden sollte. Ich hatte schon damals einen sehr unruhigen Schlaf.

Merseburg hatte zu der Zeit kein eigenes Schwimmbad und so fand der Schwimmunterricht lange Zeit nur auf dem Papier statt und zwar so, dass der Sportlehrer fragte, ob wir schwimmen können, ab einen gewissen Alter beantwortete ich die Frage mit „ja", obwohl mir klar war, dass ich außer ein paar klägliche Schwimm- und Tauchversuche im Sommer in Mecklenburg an der Elde ich keine Erfolge diesbezüglich für mich verbuchen konnte. Und wie es kommen musste, fuhren wir eines schönen Tages zum Sportunterricht nach Krumpa ins Schwimmbad um eine Schwimmstufe abzulegen. Ich war fast 13. Was blieb mir anderes übrig als ins Becken zu springen und loszupaddeln, es war mehr ein Paddeln als ein Schwimmen, aber ich hielt sieben Minuten durch und hatte die erste Schwimmstufe. Von nun an versuchte ich das öfters und lernte so im Nachgang auch richtig Schwimmen.

Um meine eigenen Aggressionen eine richtige Richtung zu verschaffen, ging eines Tages, ich war zwölf, mein Vater mit mir zum Boxtraining. Mir gefiel das Training super, ich konnte mich so richtig schön abreagieren und allen angestauten Frust rauslassen. Als er das abends meiner Mutter gestand, war die Hölle los, der arme Junge soll wohl später mit einer gebrochenen Boxernase rumlaufen, nein, das geht gar nicht. Dass der Sport meinem Temperament entsprach, wollte sie nicht wahrhaben.

Im gegenüberliegenden Haus wohnte der alte Trainer eines Kunstradfahrvereins und suchte für seine Mannschaft Nachwuchs. Da traf er bei meiner Mutter auf offene Ohren, Kunstradfahren, so etwas edles, ja, das war das Richtige für ihren Sohn, das durfte ich von fortan machen.

Nun gut, richtig Fahrradfahren lernen war nicht das Schlechteste, auch waren wir im Bezirk konkurrenzlos, also egal wie schlecht wir uns anstellten, waren wir schon zumindest Bezirksmeister und durften uns stolz die Goldmedaillen um den Hals hängen lassen. Das war doch schon eher nach dem Geschmack meiner geltungssüchtigen Mutter, Sohn einer Unterstufenlehrerin, denn das war sie in der Zwischenzeit durch ein Fernstudium geworden, Bezirksmeister und bald vielleicht mehr, denn der Titel berechtigte bei der DDR- Meisterschaft in Kunstradfahren anzutreten und mit ein bisschen Glück bekam man auch hier eine Medaille. Und so war es dann auch. Im Folgejahr fand die Deutsche Meisterschaft der DDR, so hieß das damals noch, in unserer Kreisstadt statt. Meine Mutter schaffte es natürlich nicht den Wettkämpfen als Zuschauerin beizuwohnen. Schade eigentlich, ich hatte mir von ihr mehr Interesse an dem was ihr

Sohn macht, versprochen. Wir hatten bei diesem Wettkampf Glück und wurden Vizemeister. Zur abendlichen Siegerehrung und Medaillenübergabe im damaligen Festsaal des Kreiskulturhauses war sie natürlich mit stolz geschwellter Brust anwesend. Ihr Sohn war jetzt Vize- DDR-Meister, das ging ihr runter wie Öl, zumindest für den Moment. Als wir in den Folgejahren auch bei der Jugend mehrfach den Titel verteidigt haben, war es dann schon zur Selbstverständlichkeit geworden.

Mir war das mittlerweile auch egal, denn für mich war der am Abend stattfindende Sportlerball viel wichtiger als irgendein Titel geworden, denn da waren wir die Jungs aus der Kreisstadt die Kings bei den Mädels, die meist in Dorfvereinen trainierten und so auf die redegewandten charmanten Jungs aus der Kreisstadt standen. Mit ihren groben meist miteinander verwandten Dörflern hatten sie an diesem Abend nichts im Sinn. So verhalf mir der Sportlerball, oder besser die sich anschließende Nacht zu meinen ersten amourösen Abenteuern, ja, wenn sie mal losgelassen werden, in den Betten ging es dann meist heiß her und wer keine abgekriegt hatte, konnte in den damals meist Mehrbettzimmern zumindest hören und erahnen, was da so abging.

Einen Großteil meiner Freizeit verbrachte ich aber in St. Micheln bei meinen Großeltern. Oft spielte ich mit meinem Großvater „Mühle" oder „Dame". Sein Haus- und Hofbarbier war ich auch geworden. Abends erzählte er mir dann Geschichten aus seiner Jugend, von Bismarck, den er verehrte oder dem heißen Sommer 1933, wo viele Rote braun geworden sind.

Auch wohnten in dem Dorf meine besten Freunde, wie Günter, Ecki, Kalle und Ronny. Wir zogen durch die naheliegenden Wälder, krochen durch Kalksteinhöhlen oder spielten auf dem „Turner" Fußball. Hier auf dem Dorf war immer was los, im Gegensatz zu den langweiligen Nachmittagen zu Hause in Merseburg, wo wir zwischen dem Stadtzentrum und der Südstadt in einen mit Ein- und Zweifamilienhäusern bestückten Terrain wohnten, wo ich mangels gleichaltriger Kinder kaum Freunde besaß.

Die Jahre meiner Jugend

In Merseburg wütete die Abriss- Birne, der
ein Großteil der Altstadt südöstlich vom
Markt zum Opfer fiel. Die Bausubstanz
war laut Aussage der Gutachter nicht
mehr zu retten. Es wurde Platz geschaf-
fen für ein Neubaugebiet mit zumeist
5stöckigen Plattenbauten bis rund um das
Gebiet der Sixti- Ruine.

Auch unsere Schule fand dort einen neu-
en Standort und erhielt den verpflichten-
den Namen „Hermann Matern".

Nach der 8. Klasse wurde mein Klassenverband umstrukturiert. Ein Großteil der
Mitschüler zog es zur „Ernst Haeckel"
EOS, einer Schule mit gymnasialem Abschluss, bei uns Abitur genannt.

Wir, die an der alten jetzt neuen Schule
verbliebenen, waren dann in einer Klasse,
der 9 R. Wir zählten nur noch 15 Schüler,
aber das erwies sich als Vorteil, denn in
einem so kleinen Klassenverband war die
Unterrichtsstoffvermittlung viel intensiver.
Man konnte sich im Unterricht kaum noch

abducken, denn das bemerkte ein aufmerksamer Lehrer sofort und bezog ein wieder in das aktive Unterrichtsgeschehen mit meist „blöden Fangfragen" ein. Pech, oder doch besser Glück gehabt, denn wir lernten ja nicht für den Lehrer, sondern für uns.

Als stellvertretender FDJ- Sekretär wurde ich von meinen Klassenkameraden in die Gruppenleitung gewählt und begann damit meine kleine „politische Kariere". Auch verguckte ich mich damals in meine Mitschülerin Martina. Es war eine schöne Zeit. So eine kleine Liebelei motivierte in dem Alter ungemein. Wir gründeten einen Matheklub, zum Einen zur Hilfe der Mitschüler, die in diesem Unterrichtsfach Schwächen hatten und zum anderen um uns selbst in Mathe fit zu halten, lösten gemeinsam die Sonderaufgaben, die zur Leistungsförderung in der „alpha" abgedruckt waren. Auch bemühten wir uns im Geschichtszirkel das Leben von Hermann Matern, einen Deutschen Kommunisten, der gemeinsam mit Wilhelm Pieck und Otto Grotewohl der ersten Arbeiterregierung der sowjetischen Besatzungszone und späteren DDR angehörten. Martina zog dann mit ihren Eltern in eine andere Stadt und wir verloren uns aus den Augen.

Als kleines Highlight machten Schnotte, Kossi, Klaus und ich eine Radtour. Als erstes Ziel setzten wir uns Seeburg am Süßen See (ca. 60 km entfernt). Als wir aber durch Querfurt radelten, überzeugte uns Schnotte von einer Zielkorrektur, er wollte unbedingt zum Kyffhäuser, ist ja auch nur 30 km weiter. Kossi und mich konnte er überzeugen, Klaus kehrte wieder um, war ihm zu anstrengend. Und so radelten wir weiter gen Westen. Wir waren gut drauf und das Wetter zu diesem Zeitpunkt auch noch viel versprechend, die Sonne schien und die Temperatur war fürs Fahrradfahren ideal. Wir fühlten uns wie echte Pedalritter und strampelten, vorbei an Frankenhausen, hinauf zum Kyffhäuser. Oben angekommen, genossen wir den herrlichen Ausblick, gönnten uns jeder einen halben Broiler mit Pommes und einen halben Liter Sternie, wir waren ja schon 16 und damit fast erwachsen. Nach einer reichlichen Stunde Mittagspause ging's zurück. Aber die Rückfahrt hatte ihre Tücken, in den Serpentin runter Richtung Frankenhausen über-

schlug sich Schnotte und landete unge-
bremst im Gras am Straßenrand, Glück
gehabt, denn in der nächsten Kurve wartete rechts ein Abhang, die Landung dort
wäre nicht so glimpflich abgegangen, aber
so musste er nur sein Vorderrad etwas
richten, die Kette wieder draufmachen,
sich mal richtig schütteln und es konnte
weiter gehen. Doch dann kurz vor Querfurt überraschte uns ein hässlicher Re-
genschauer, wir waren in kurzer Zeit
klatsch nass bis auf die Haut, aber wir
hatten noch 30 km bis Merseburg vor uns,
also Zähne zusammenbeißen und weiter.
Vor Bad Lauchstädt erwischte uns dann
alle drei ein beißender Hungerast. Wir
hätten uns am liebsten vor ein entgegen
kommendes Auto geworfen, wir waren alle drei fix und alle. Zum Glück kam dann
am Straßenrand ein Ausflugslokal, wir
kratzten unsere letzten Pfennige zusammen, es reichte für zwei Rollen Sportkek-
se zu je 25 Pfennig, aßen sie hastig und
welch ein Wunder, vermutlich durch den
Zucker erholten wir uns schlagartig,
schwangen uns wieder aufs Rad und es
ging weiter. Glücklich zu Hause angekommen, nahm ich eine heiße Dusche
und verschlang eine riesige Portion zum

Abendbrot. Den nächsten Tag hatten wir drei einen Muskelkater in den brennenden Oberschenkeln, auch nicht verwunderlich, denn immerhin waren das am Tag zu vor 180 km auf dem Rad. Wir waren keine Profis, also Hut ab, vor dieser reifen Leistung. Für uns wurde die Radtour zu einer bleibenden Erinnerung.

Die Prüfungen zum Abschluss der 10. Klasse beendeten auch den Aufenthalt an der Polytechnischen Oberschule. Natürlich trennten wir uns nicht ohne nochmal zünftig als Klassenverband Party zu feiern.

Im Zuge unserer regelmäßigen Besuche des Theaters, ja, so etwas gab es im Osten und war ein Anrecht auf einen Theaterbesuch im Monat als Schüler meist im Klubhaus des BUNA- Werkes in Schkopau, sah ich bei einem Schülerkonzert das erste Mal die „Klaus Renft Combo" live, ich war begeistert, Titel von Deep Purple und Ten Years After gehörten neben eigenen Titeln wie „Zwischen liebe und Zorn" und „Wer die Rose ehrt" zum Programm. Von Joe Cocker spielten sie „The Letter" und als Zugabe spielte Cäsar schon allein auf der Bühne „Lady Jane" von den Rolling Stones, das war eine Messe und traf voll meinen Geschmack.

Mit meinem Bruder Helmut ging ich durch das Renft- Konzert motiviert, zur „Theo-Schuhmann Combo", die hatten ein paar Hits im Radio, wie „Guten Abend Karolina" und „Verzeih", aber das spielten sie nicht im Konzert, hier zeigten sie sich viel härter und als Nagelprobe kam „Sweet child in time" von Depp Purple, ein Hit der voll angesagt war in der Zeit. Auch dieses Konzert entsprach voll meinen Vorstellungen, obwohl ich im Vorfeld bedingt, durch die mehr nach Schlager klingende Musik dieser Combo misstrauisch war.

Mein Bruder Helmut hatte damals meinen Musikgeschmack, dadurch dass wir viel vor dem Radio saßen um Musik auf seinen neuen Tonbandgerät aufzunehmen, zu meist vom damals noch existierenden „Soldatensender", der zwar in Burg bei Magdeburg stand, aber von dort aus für die Bundeswehrsoldaten mehrfach am Tag Sendungen mit viel Westmusik ausstrahlte, geprägt. Ich stand auf die Rolling Stones, die Troggs und Small faces.

In Mücheln hatte ich im Frühjahr 1972 auch die Möglichkeit im dortigen Kulturhaus ein Konzert von „Elektra" mit Stephan Trepte als Frontmann zu erleben, war auch spitze, vor allem „Tritt ein in den Dom" fand ich super.

Mein Bruder Helmut war Lehrling im Stahlbau und wurde dann auch bald zum Ehrendienst eingezogen, so hatte er weniger Zeit für mich. An seine Stelle als Spielkamerad trat Thomas, ein Junge aus unserer Nachbarschaft. Mit ihm verbrachte ich von fort an viel Zeit.

Im April 1972 heiratete mein großer Bruder eine Schönheit von der Ostseeküste aus Greifswald, die Hochzeit fand auch da oben statt und wir besuchten auch Wieck mit seiner historischen Zugbrücke am Greifswalder Bodden. Was mir bis heute noch in Erinnerung blieb war der lecker Schweinebraten, so knusprig und zugleich auch zart habe ich ihn selten gegessen.

In meinen nun letzten Sommerferien ging ich als Erzieherhelfer nach Deutscheinsiedel im Erzgebirge ins Kinderferienlager. Dort betreute ich die großen Jungs, trainierte die Fußballmannschaft und war für die Disco zuständig, ich hatte dafür extra ein paar Tonbänder mit aktueller Beatmusik mitgenommen, die so gut bei den Kindern ankam, dass ich auch im Nachbarferienlager die sonnabendliche Disco absichern musste. Wir hatten unseren Spaß, auch störte es mich nicht, dass meine Mutter Lagerleiterin war, sie machte einen guten Job und Geld gab es auch noch für den Lageraufenthalt. Im Lager lernte ich Marita, ebenfalls Erzieher, sie war zuständig für die ältere Mädchengruppe, kennen. Daraus entwickelte sich eine enge Freundschaft. Dass Marita zwei Jahre älter als ich war und ihre Lehre als Verkäuferin im Textilgeschäft bereits abgeschlossen hatte, störte mich nicht im Geringsten, aber meine Eltern. Als die Beziehung zwischen uns inniger wurde und ich sie auch zu meinem 17. Geburtstag eingeladen hatte, führten meine Eltern mit ihr ein 6- Augengespräch um ihr von der Beziehung mit mir abzuraten, ja, sie mischten sich regelrecht ein, ich wurde ja erst 17 und war noch nicht volljährig, sie mit ihren 19 schon eine gestandene Frau mit wesentlich weiterreichenden Plänen. Na gut, dieses Zwischenfunken meiner Eltern tat der Beziehung zwischen uns keinen Abbruch, wir trafen uns umso mehr. Eine richtige Frau war für mich eine schöne und lehrreiche Erfahrung.

Nach den Ferien begann ich eine Lehre als Facharbeiter der chemischen Produktion, natürlich mit Abitur in der Berufsschule des Leuna- Werkes „Walter Ulbricht". Was anderes kam in meiner Familie gar nicht in Frage, schließlich sollte ich ja auch nach der Armee studieren, was war meinen Erzeugern wohl egal, Hauptsache ein Studium stand in meinem Lebenslauf.

Tja, nun Lehrling zu sein, hatte schon was, gab ja jeden Monat Lehrlingsgeld. Auch wenn die knapp 90 Mark kein Vermögen waren, stellte es doch den ersten Schritt in die finanzielle Unabhängigkeit dar und das war mir wichtig, denn immer nur das Gerede meiner Eltern über Geld und was sie schon wieder für meinen großen Bruder bezahlt haben, der hatte im Frühjahr 72 geheiratet, stand selber noch in der Ausbildung, er war Offiziersschüler in Dresden und hatte seine Offizierslaufbahn und das richtige Geldverdienen noch vor sich, ich konnte die ewige Diskussion nicht mehr ab und nicht im Geringsten Lust immer schön „danke" zu sagen.

Oft fuhr ich weiterhin in meiner Freizeit nach St. Micheln zu meinen Großeltern. Half dort beim Erhalt des Hauses, machte kleine Reparaturen am Dach, strich die Fenster, oder malerte zusammen mit meinem Onkel Horst die Fassade, so schön lindgrün, wobei die Fenster mit einem 15 cm- breiten weißen Rand versehen wurden. Auch nutzte ich die Zeit dort mit meinen Kumpels, gingen ins Kino, zur Dorfdisco, zu Gartenfesten oder spielten „Knack" und hörten dabei Radio Luxemburg auf der Mauer sitzend an der Geiselquelle. Einen Jugendklub hatten sie in der alten Backstube neben der Dorfkneipe auch, wo wir Tischtennis oder Darrt spielten, öfters kehrten wir natürlich auch zum Bier und Bockwurst im Gastraum der Gaststätte „Zur Geiselquelle" ein. Später bauten wir uns dann unseren eigenen Klub, ein unterkellertes Holzhaus im hinteren Garten von Günters Eltern, die „Höhle zur flotten Ente", dort verbrachten wir von fort an viele Abende und Nächte beim Kartenspielen, Musik hören und natürlich Biertrinken. Das Fußballspielen auf unserem Bolzplatz wurde dabei auch nicht vernachlässigt.

Wenn im Winter Schnee lag, stürzten wir uns mutig auf unseren Ski die Hänge der Berge ums Dorf, wie den Kohlberg und den Weinberg, hinunter.

Das Lehrlingsgeld reichte natürlich maximal bis zur Mitte des Monats, da musste noch eine andere Geldquelle aufgetan werden. Und die fand sich auch quasi über Nacht, denn mein Vater, der mittlerweile Invalidenrentner war, organisierte die Feierabendtätigkeit in der Begrünung.

Merseburg hatte sich das anspruchsvolle Ziel gestellt, mitten im Chemie- Bezirk eine grüne Oase zu werden. Das war für die Lebensqualität auch wichtig, denn war Südwind, stank es meist nach Schwefelwasserstoff, also nach faulen Eiern nach LEUNA, drehte er nach Norden stank es nach Karbid und Chlor von BUNA, bei Westwind stank es nach Schweinestall, denn unsere Freunde, die Garnison der Sowjetsoldaten hatte dort zur Eigenversorgung eine große Schweinezuchtanlage, nur wenn Ostwind war, konnte man die Wäsche zum Trocknen wirklich raushängen, das war schon besonders. Aber Chemie versprach ja auch Wohlstand, so wie es unser Staatsratsvorsitzender Walter Ulbricht lauthals bei einem Parteitag verkündet hatte und schließlich wollten wir alle die Vorzüge des Sozialismus genießen. Die Chemie also versprach uns den Fortschritt und Wohlstand, die Sowjetarmee sicherte uns den Frieden in Zeiten des „Kalten Krieges", also was sollte das Gemecker über das bisschen Gestank, auch waren regelmäßig morgens die Fensterbretter voller Flugasche, in LEUNA hatte man mal wieder bei den Schornsteinen die Magnetfilter ausgeschaltet, denn täglich musste ja der Plan erfüllt werden und die Produktion ohne Filter war viel effektiver.

Lange Rede kurzer Sinn, Merseburg hatte sich verpflichtet um der Umweltverschmutzung gegen zu steuern eine Million Bäume zu pflanzen. Den Startschuss machte man mit NAW- Einsätzen, das waren unentgeltliche Arbeitseinsätze zum Wohle der Gesellschaft, getreu dem Vorbild des „Subbotniks", der in der Großen Sozialistischen Sowjet- Union regelmäßig zur Anwendung kam. Was bei den Arbeitseinsätzen doch meistens fehlte, waren Fachkräfte und so geschah es nicht selten, dass beim Bäume- Pflanzen, die Plastiktüte, welche die Wurzel beim Transport schützen sollte, nicht entfernt wurde, denn sie hatte ja schließlich Löcher. Das hatte zur Folge, das tausende von den jungen Bäumchen innerhalb kurzer Zeit vertrockneten, das Gute daran war, dass wir als gutbezahlte Feierabend-Brigade reichlich Arbeit hatten, erst mit der Abholzung der toten Bäume und dann mit der fachmännischen Neubepflanzung.

Wir arbeiteten am Wochenende auf Leistung und so hatte ich in guten Monaten ca. 300 Mark extra in der Tasche, also ausreichend um mein feudales Lehrlingsdasein mir zu versüßen. Dreimal die Woche Klubhaus mit dreimal Essen und zehn Bier wurden zur Regelmäßigkeit. Damit ich dabei nicht zu dick werde, machte ich dreimal die Woche außerschulischen Sport beim Geräteturnen und im Kraftraum. Das tat meiner Kondition sehr gut und die half mir dann wieder bei der Arbeit am Wochenende, ein Kreislauf der mir nur Vorteile brachte.

Mit meinen neuen Kumpels hing ich ansonsten viel rum, hörten Musik, der Geschmack meinerseits hatte sich deutlich zu Gunsten des Hardrocks von Deep Purple, Santana und Rory Gallagher verschoben, der Ostrock um Renft, Lift und Stern Meißen wurde auch immer besser. In unserer Gegend bestimmte Zackset die Szene. Wenn die Jungs um Pitzack, der wohnte bei uns um die Ecke und war Begründer der Band, auf der Bühne standen, bebte die Luft im Saal. Sie zählten durch ihre Einstufung, der sich jede Ostband unterziehen musste, wenn sie dauerhaft irgendwo auftreten wollten, zur Sonderklasse, also kurz unter den Profis, das war schon was, auch erhielten sie später die Möglichkeit einen ihrer eigenen Titel auf einer Amiga „Hallo" Platte pressen zu lassen.

Einmal war ein kleines Open- Air- Festival in Leuna an den Saale- Hängen, ab Mittag spielten angesagte Rockbands. Nachmittags rockte Modern Soul und anschließend die Rock City Band Berlin (später City) das Geschehen, aber so richtig brannte dann am Abend die Luft, da spielten City und Zackset im Wechsel, wir tanzten auf Tischen und Bänken, die Stimmung war der blanke Wahnsinn, das Festival suchte lange sein Gleichnis.

Ich hatte mir einen guten Stereo- Plattenspieler geleistet und sammelte jetzt Schallplatten, Westplatten waren dabei natürlich das Sahnehäubchen.

Ja, der Musikkonsum war ein fester Bestandteil unseres Lebens geworden und für eine Westplatte bezahlten die Fans, wie wir, rund 200 Mark, das war das doppelte des monatlichen Lehrlingseinkommens, aber irgendwie kriegten wir das Geld schon zusammen.

Wohl dem, der Verwandte auf der anderen Seite des „Eisernen Vorhangs" hatte und mit so begehrten Waren, wie Schallplatten oder auch echten Jeans von Levis oder Wrangler versorgt wurde und der damit handeln konnte, dem war ein schönes Sümmchen so neben bei sicher.

Ich zählte nicht zu den Glücklichen, wir hatten zwar Westverwandtschaft, aber durch den Offiziersstatus meines ältesten Bruders durften wir keinen Kontakt pflegen und kam es doch unplanmäßig zu einem Treffen mit Bürgern aus dem nichtsozialistischen Ausland, so war das meldepflichtig. Aber zum Glück hatte ich ja meine Feierabendtätigkeit und somit zumindest keine Geldsorgen. Auch machte die Arbeit Spaß, wir waren meist an der frischen Luft und bei der Gestaltung des „Hinteren Gotthardteiches" mit lukrativen Projekten, wie z.B. der „Teichperle" eines ausgedienten Ausflugdampfers, der in eine Gaststätte umfunktioniert wurde und dem gesamten Terrain rund um, mit Rosenbeeten, Wasserspielen, Mosaiken und einem Spielplatz mit einer Riesenschnekke aus Plaste zum Rutschen bis hin zu Tiergehegen für Bären und anderen einheimischen Vierbeinern, beschäftigt.

Abends hatte ich allerdings Schwierigkeiten mit dem Einschlafen, so hatte ich mir angewöhnt vor dem Zubettgehen 30 bis 40 Liegestütze zu machen, um mich auszupowern um danach in der Abklingphase besser einschlafen zu können.

Bei Klassenfeten war es mittlerweile üblich, dass ich mich um die Musik inklusive Anlage kümmerte, Geld war meist ausreichend in der Klassenkasse durch den innerbetrieblichen Wettbewerb, wo sich die Klasse nach dem Vorbild der Betriebsplanung einen Plan, die Lernleistungen und die kulturellen Aktionen des Klassenkollektives betreffend, aufstellte und dessen Qualität, sowohl in den Anforderungen, sprich Zielen, und deren Erfüllung regelmäßig abgerechnet wurde.

Ich war seit dem zweiten Lehrjahr FDJ-Sekretär und somit daran nicht ganz unbeteiligt. Chef des Klassenkollektives zu sein, war natürlich auch eine gewisse Verantwortung und Vorbildfunktion die man damit innehatte. Aber es machte mir natürlich auch Spaß, die Geschicke der Gruppe mit zu bestimmen, irgendwie berauschte auch das Verspüren der Macht, die man hatte und so auch aktiv an der Höhe der zu erwartenden Prämienzahlung für die Klassenkasse mitzuwirken. Als Anerkennung dafür durfte ich auf FDJ- Kosten im nächsten Sommer zusätzlich zum Urlaub zwei Wochen mich in der CSSR im Riesengebirge erholen.

Bei den Weltfestspielen 1973 war ich nur indirekt dabei, durfte den Güterzug mit dem die Delegierten traditionsgemäß nach Berlin fuhren mit Plakaten, Symbolen der Weltjugendorganisation und Fahnen schmücken, aber ein Jahr drauf, zu Pfingsten 1974 war sich selber Delegierter zum Treffen mit den Komsomolzen in Halle und hatte dort das Glück die ungarische Rockgruppe Omega live zu erleben.

Am Vorabend des 1. Mai war auch immer Party angesagt, einmal spielte in der Mensa unserer Berufsschule Panta Reih mit Herbert Dreilich und Veronika Fischer. Die waren damals angesagt und dem zu Folge auch eine super Stimmung im Saal.

Im Museum, das im wiederaufgebauten Ostflügel des Schloßes von Merseburg ein neues Domizil, sehr geräumig, gefunden hat, findet der interessierte Besucher ein historisch getreues Modell des alten Marktes von Merseburg. An der Südseite des Marktes steht das Neue Rathaus. Bürgerhäuser, teils mit Giebelfront dem Platz zugewandt, begrenzen den fast quadratischen Marktplatz. Auf der nördlichen Seite steht der Staupenbrunnen zu Füßen einer Reihe alter Bürgerhäuser, hinter denen die Kirche St. Maximi mit ihrem niedriggedrungenen Querturm aus sächsisch- romanischer Zeit die Dächer überragt.

In Wirklichkeit nach den umfangreichen Rekonstruktionsmaßnahmen existiert kaum noch was von dem einstigen historischen Ensemble. Nach Süden geht der Blick des Besuchers frei hinaus auf das Neubauviertel am Sixtiberg. Die Häuser im Norden stehen noch, und ihre Fassaden scheinen sogar renoviert worden zu sein. Auch der schöne alte Brunnen steht noch, davor steht eine Plastik vom Saale Affe, einen Kobold der laut Sage vor langer Zeit hier sein Unwesen trieb und jetzt in tiefer Nacht gelegentlich als Geist neu erscheint. Und wenn man auf dem Marktplatz stehend den Kopf weit in den Nacken legt, dann sieht man statt des schweren kantigen Querturms der Kirche den steilen neugotischen Turm, der um die Jahrhundertwende (1890/1900) erbaut worden ist. Unweit davon entfernt ist das alte Rathaus in der Burgstraße. In seinen Kellergewölben ist der Ratskeller. Der erinnert an eine Merseburger Attraktion, die sogar Goethe einst rühmte. " So ist's doch mit allem wie mit dem Merseburger Bier, das erste Mal schauert man, und hat man's getrunken, so kann man's nicht mehr lassen", schrieb er einst in einem Brief an Katharina von Klettenberg. Die Fassade des Alten Rathauses findet der Baukunstliebhaber Elemente der Gotik und der Renaissance.

Einen großen Wandel erlebte Merseburg als Tausende Arbeiter aus allen deutschen Landen nach Leuna kamen. Im August 1917 erlebte Merseburg eine große Antikriegsdemonstation auf dem Marktplatz und am 9.November 1918 begrüßten tausende Arbeiter hier die Revolution. Wenige Tage später weht zum ersten Mal die rote Fahne über dem Burgberg. Der Arbeiter- und Soldatenrat des Regierungsbezirkes Merseburg hatte im Schloß seinen Sitz. Einer der Kommissare des Rates war der Elektriker Bernard Koenen aus dem Leunawerk, führender Vertreter des linken Flügels der USPD. Er war bis März 1933 in der Stadtverordnetenversammlung von Merseburg als Abgeordneter der Kommunistischen Partei. Als nach dem 2. Weltkrieg im September 1946 im Alten Rathaus die erste Stadtverordnetenversammlung des neuen Merseburg tagte, war Bernard Koenen Landesvorsit-

zender der Sozialistischen Einheitspartei Deutschlands in Sachsen- Anhalt.

Im Süden von Merseburg liegt Leuna. Das LEUNA- Werk prägt hier die Landschaft; in langer Reihe stehen seine Schornsteine, Kühltürme dampfen, eine Vielfalt von Anlagen, Hallen und Fabrikgebäuden ziehen sich kilometerweit hin. Nichts deutet mehr darauf hin, dass hier vor 1916 im weiten Umfeld nur Wiesen und Felder die Landschaft bestimmten. Leuna war da noch ein kleines unbedeutendes Dorf, dessen Namen kaum jemand kannte. Ruhig und sauber floss die Saale an Leuna vorbei, von Westen her drang hin und wieder des Geratter eines Eisenbahnzuges in die beschauliche Stille dörflichen Lebens hinein.

Acht Jahre vorher hatten die Chemiker Fritz Haber und Carl Bosch ein Verfahren entwickelt, mit dem aus dem Luftstickstoff unter Zugabe von Wasserstoff bei hoher Temperatur Ammoniak gewonnen wurde.

Bislang hatte Deutschland seinen Bedarf an Stickstoff vorwiegend im Ausland gedeckt, vor allem durch Chilesalpeter. Aber nun war Krieg, Chile weit weg, aber keine

Gewehrpatrone, kein Artilleriegeschoß funktionierte ohne diesen Rohstoff und das Kriegsministerium rief nach immer mehr Munition. Das einzige Werk, was bisher nach dem Haber- Bosch- Verfahren Ammoniak herstellte, war am Rhein und damit französischen Luftangriffen ausgesetzt. Leuna war im weiten Hinterland und bot alle Voraussetzungen für einen Werksneubau. Wasser gab's durch die Saale, Braunkohle aus dem nahe gelegenen Geiseltal und eine günstige Verkehrsanbindung durch die Eisenbahnstrecke Berlin- Frankfurt am Main. Also wurde mit 64 Millionen Reichsmark von der Regierung gestützt, 1916 mit etwa 12000 Arbeitern der Bau des LEUNA-Werkes begonnen. Das Werk wurde zur wichtigsten Stickstoffversorgung Deutschlands, aus den 64 Millionen wurden rund 400 Millionen Reichsmark als Zuschüsse für die denkbar früheste Fertigstellung. Und das Interesse wuchs, je bedrohlicher sich die Lage an der Front entwickelte. Schon 1917 begann die Produktion im großen Stil und half damit den ersten Weltkrieg zu verlängern. Ammoniak wurde seiner Zeit auch als Giftgas an der Front *versprüht und drehet plötzlich der Wind, erwischte es die eigenen Reihen.*

Als gleichzeitig mit dem Ammoniakwerk die Siedlung für die Produktionsarbeiter und ihren Familien anstelle des Dorfes Leuna entstand, haben Probleme des Umweltschutzes niemanden bekümmert. Die Stadt lag im Osten der Fabrikanlagen und der vorherrschende Westwind schüttet täglich Asche und Ruß darüber aus, der Geruch nach Chemikalien, süßlich dumpf, faulig oder beißend scharf weht vom Werk herüber zur Stadt.

Der Wiederaufbau der Stadt war nach den verheerenden Zerstörungen durch den zweiten Weltkrieg vom Wiederaufbau des Werkes nicht zu trennen. Nun galt die Ammoniak- Produktion doch vorrangig der Dünger- Herstellung, denn Ammonium- Sulfat eignete sich hervorragend als Kunstdünger um den steigenden Bedarf an landwirtschaftlichen Produkten durch die neugegründeten LPGn zu decken.

Als Lehrling im LEUNA- Werk bin ich oft am Düngemittelsilo vorbeigekommen, an dem eine schlichte Gedenktafel an die Märzkämpfe 1921 erinnert.

Im März 21 wurden hier 2000 Arbeiter zusammengetrieben, die nach der Schlacht um Leuna in die Gewalt der Streitmacht der Polizei geraten waren. Erst durch verschärften Artilleriebeschuss mussten sich die Arbeiter, die auch einen eigenen Panzerzug hatten, sich der Übermacht ergeben. Mehr als 50 Leunaarbeiter wurden hingerichtet und am Gänseanger verscharrt. Dort steht jetzt ein Gedenkstein, den einst Ernst Thälmann zum ewigen Gedenken an die Märzgefallenen einweihte.

Hier legten wir als Lehrlinge im ersten Lehrjahr ein Gelöbnis der Toten zu Ehren als Mitglieder der Gesellschaft für Sport und Technik (GST) ab und starteten alljährlich unsere Hans Beimler- Wettkämpfe. Da zeigten wir im Zugverband im Wettkampf mit ca. 30 anderen Gruppen, was wir in der vormilitärischen Ausbildung gelernt hatten. Einmal waren wir in meiner Lehrzeit Kreismeister.

Das Kunstradfahren hatte ich schon in der 11. Klasse wieder an den Nagel gehängt, unserer Trainer Kurt Held war verstorben und wir waren auf DDR- Niveau nicht mehr konkurrenzfähig. Das tat schon ein bisschen weh, denn damit gab es auch keine Sportlerbälle mehr, aber dafür trainierte ich jetzt, wie schon erwähnt, verstärkt beim Geräteturnen und im Kraftraum. Dazu kam auch noch meine Entscheidung bei der Musterung mich für die Fallschirmjäger zu endscheiden, das war zwar ein harter dreijähriger Ehrendienst, der, wenn alles klappte, auf mich zukam, aber die Eliteausbildung hatte für mich auch seinen Reiz. Es gab aber damit auch drei Dinge, die ich machen musste, zum einen hieß das mindestens die Grundausbildung für zukünftige Fallschirmjäger, das waren neben der Ausbildung am Boden mindestens 12 Fallschirm- Sprünge entsprechend eines Schwierigkeitsplanes zu absolvieren, die Fahrerlaubnisklasse 5, also die für LKW im Vorfeld abzuschließen und eine Tastfunkerausbildung zu machen. Das waren nicht gerade leichte, aber auch irgendwie reizvolle Herausforderungen. Zuerst hieß es natürlich Theorie, Theorie und nochmals Theorie, die dann vor dem ersten Sprunglehrgang schriftlich abgefragt wurde.

Mit der Theorie hatte ich zu vor noch nie Probleme und so war es nur eine Frage der Zeit, diese Indus zu haben.

Zu meinem ersten Sprunglehrgang das Jahr darauf, kam ich natürlich zu spät, die Anreise nach Oppin mit Bahn und Bus hatte ich zeitlich unterschätzt. Das Ergebnis war, dass ich meine Prüfung allein schreiben musste, keiner war da zur „Konsultation". Die Prüfung bestanden, musste ich nun einen Fallschirm packen, auch das hatte ich zuvor nie gemacht und kannte den Ablauf des Fallschirmpackens nur aus dem Lehrbuch. Da die Zeit schon fortgeschritten war, hatte ich hierbei auch nur wenig Hilfe. Eine Sprungschülerin half mir bei den entscheidenden Stellen. Diesen Schirm gepackt, vom Fallschirmwart flüchtig kontrolliert, schnallte ich mir auf den Rücken und ging zum Flugzeug, einer AN 2, die damals übliche Ausbildungsmaschine. Ihr Vorteil war die ausreichende Fluggeschwindigkeit und Flughöhe, die der Flugkörper trotz seines fortgeschrittenen Alters noch erreichte und auch war sie sparsam im Spritverbrauch. Gemeinsam mit noch weiteren fünf Sprungschülern bestieg ich das Flugzeug, zwei hübsche Mädchen waren auch dabei und da war es natürlich für mich eine Frage der Ehre diesen ersten von mir gepackten Fallschirm in 1000 Metern Höhe nach Aufforderung des Absetzers auch abzuspringen. Nachdem der Schirm sich geöffnet hatte, ging mein erster Blick nach oben, dort schien alles in Ordnung zu sein und so konnte ich den Sprung genießen, laut sang ich vor Freude, das war schon ein erhebendes Gefühl so zwischen Himmel und Erde dem Boden entgegen zu sinken, einfach nur herrlich.

Stolz wie Bolle fuhr ich noch am Abend nach Hause und berichtete meinen Eltern von dem erhabenen Gefühl. Meine Mutter konnte das natürlich nicht nachvollziehen, wie man sich freiwillig in so eine Gefahr begeben konnte, aber ich war 18 und da interessierten mich ihre Einwände einen feuchten Dreck, mein Vater war, das fühlte ich, stolz auf mich und das tat mir gut. Die Nacht war kurz, denn am nächsten Morgen wollte ich wieder pünktlich in Oppin auf dem Flugplatz sein, ich hatte jetzt Blut geleckt und wollte mehr.

In den zwei Jahren, die mir noch bis zu meinem Ehrendienst verblieben, sprang ich 30 Mal mit dem Fallschirm, nicht alle klappten vorschriftsgemäß, einmal landete ich auf dem Dach unser Flugzeughallen, ein anderes Mal erschlug ich fast bei der Landung eine Bäuerin beim Rübenhacken, mehrmals trieb es mich doch mehrere Hundert Meter vom Zielkreuz ab, versuchte mich im freien Fall und kollidierte beim Gruppensprung mit anderen in der Luft. Aber runter gekommen bin ich immer, bei unserer Abschluss- Übung sogar mitten auf einer Kuhweide, die Tiere waren nicht begeistert und ich tat gut daran, schnellstens die Weide zu verlassen. Die Abschluss-Übung fand übrigens im Harz statt. Wir sind von Oppin aus mit der AN 2 hingeflogen und bei Siptenfelde abgesprungen. Per Fußmarsch im Gruppenverband ging es dann auf Umwegen Richtung Ballenstedt, wo wir am zweiten Tag abends auf dem dortigen GST- Flugplatz ankamen und vor deren Höhlenbar nach reichlich Biergenuß im Gras nächtigten. Es war warm, wir hatten Sommer. Am nächsten Morgen ging es auf den naheliegenden Schießstand, wo wir mit der KK- MPi rumpallerten.

Bei dieser Abschluss- Übung eröffnete mir der Ausbilder, dass ich nun doch nicht zu den Fallschirmjägern kommen werde, da ich einen Teil der Ausbildungstermine aufgrund meiner zeitgleich stattfindenden Abiturprüfungen nicht wahrnehmen konnte, wurde ich kurzer Hand gegen seinen Neffen ausgetauscht. Aber was soll's, ich war zwar enttäuscht, aber wer weiß, wofür das gut war.

Parallel zum Fallschirmspringen besuchte ich die Fahrschule, auch bei der GST, denn das kostete mich nur 90,- Mark. Die Theorie war wöchentlich eine Doppelstunde und zog sich im schleichenden Tempo über das ganze Winterhalbjahr hin. Nach bestandener Theorie- Prüfung, ging es rauf auf den Bock, wir übten mit einem W50. Die erste Fahrstunde machten wir auf dem Gänseanger, den kannte ich noch vom GST- Gelöbnis. Hier drehten wir unsere Runden, übten anfahren, anhalten, schalten, dabei wurde auf Zwischenkuppeln Wert gelegt, das macht heute keiner mehr, war aber schonend fürs Getriebe. Auch musste ich tatsächlich Gänse vertreiben, auf die Lichthupe haben die aber nicht reagiert und so empfahl mir der Fahrlehrer doch die akustische Hupe zu nutzen, peinlich, aber was soll's, es war ja meine erste Fahrstunde, da durfte man ruhig solche Fehler machen.

Bei der zweiten Fahrstunde ging es schon auf die öffentliche Straße. Zuerst machten wir Leuna unsicher, später ging es nach Merseburg. Den Großteil der Fahrstunden absolvierte ich aber im Straßenverkehr von Halle. Bald kannte ich jedes Verkehrszeichen, denn wenn man mal eins übersah, hieß es anhalten und zurück, das Schild putzen. So war es nicht zu verdenken, dass wir Fahrschüler innerhalb kurzer Zeit sehr aufmerksam im Straßenverkehr uns bewegten. Zur Überlandtour ging es dann an einem Sonnabend in den Harz nach Ballenstedt, wo wir zum Mittag im Harzer Hof einkehrten. Auf der Rückfahrt durfte ich mit Tempo 110 auch mal einen PKW überholen, mein Fahrlehrer lächelte nur, an diesem Tag hatte ich Narrenfreiheit, ich hatte Geburtstag. Die Fahrprüfung verlief dann auch ganz cool, ich durfte als Letzter ran und fuhr den LKW mit Anhänger von Halle nach Merseburg, der Prüfer war auch nicht mehr sehr aufmerksam, denn ein anstrengender Arbeitstag für ihn ging zu ende, so hatte ich ohne besondere Vorkommnisse meine Prüfung bestanden. Ich war natürlich auch ein bisschen stolz drauf, denn schließlich bin ich zuvor nur Fahrrad gefahren.

Das letzte Lehrjahr arbeiteten wir in 12-Stunden Schichten, bekamen Nachtschichtzuschläge und somit auch ein höheres Lehrlingsendgeld. Geld konnte man als junger Mensch immer gebrauchen.

Die Lehrausbildung fand für uns im Bereich Erdöl- Olefine statt, wir waren bei der Hochdruckpolyethylen- Herstellung in der Konfektionierung tätig und somit tagtäglich beschäftigt Granulat abzufüllen, einzulagern und zu verladen, ein geistig weniger aber dafür körperlich anspruchsvoller Job, aber wir waren jung, gesund und kräftig, die Arbeit störte uns nicht, im Gegenteil, ich nahm es als Sport. In den Nachtschichten hatten wir des Öfteren wenig zu tun, also spielten wir „Knack" und tranken gelegentlich unser Bier, das war zwar verboten, aber so lange der Meister mitmachte, hatten wir wenig zu befürchten.

Meine Große Flamme war damals Gudrun, für mich die Klassenschönste, aber mein Hochgefühl dauerte nur ein paar Monate, als ich sie zur Sylvester Party wahrscheinlich zu wenig beachtete, zog sie mit meinem besten Kumpel, Bia, ab, und ich schaute blöd aus der Wäsche. Am Neujahres- Morgen kam Bia zu mir und endschuldigte sich für sein Rumgeknutsche mit Gudrun, ich nahm's gelassen, war ja selber dran schuld, so ein Mädchen darf man nun mal nicht an so einen Abend vernachlässigen, aber ich war halt noch in der Liebe zu unerfahren. Gudrun ging später mit Winnie, heiratete aber letztendlich O, einen nicht ganz unvermögenden Jungen aus ihrer Nachbarschaft.

Aber zurück zu unserer Lehrzeit, Bia verliebte sich in Christel, einer blonden Schönheit aus unserer Klasse, sie saß im Unterricht direkt hinter uns, Bia und ich waren natürlich Banknachbarn. Micha, der Dritte in unserem Bunde, suchte sich ein

Mädel aus der Parallelklasse, die er später auch heiratete.

Auch besuchten Micha und ich im Herbst 1973 die Tanzschule. Für die kleinen Mädchen dort, waren wir schon mit unseren 18 Jahren zu alt. Bias Schwester war auch dabei. Allerdings brachen wir kurz vor dem Abschlussball die Tanzschule ab, das wollten wir uns dann doch nicht antun.

Auch hatte ich nochmal das Vergnügen zu Ostzeiten Renft live zu erleben, sie spielten in Leuna im Klubhaus, war schon super und schön anzusehen, wie die Jungs auf der Bühne sturz besoffen immer noch gut ihre Instrumente beherrschten.

Wenig später sah ich auch noch dort live Manfred Krug mit Günter Fischer und ein anderes Mal Neumis Rockzirkus auf der Bühne.

Ich erwähne das, weil die Musiker wenige Monate später die Republik gen Westen verlassen haben und somit sie im Osten auch im Radio nicht mehr gespielt wurden.

Im Sommer 1974 fuhren wir gemeinsam zum Zelten in die Nähe von Alt Schwerin nach Plau am See. Mit von der Partie waren Bia mit Christel, Micha mit seiner Flamme, die Schwester von Bia, Norbert, ein Kumpel aus der Nachbarschaft und auch, wie Bia, Mitglied der Jungen Gemeinde und ich. Mit drei Zelten sind wir nach Mecklenburg gefahren und bauten die Zelte auch gleich am Seeufer auf. Da lag auch ein altes Ruderboot vor Anker, was wir als Bootssteg nutzten. Um unseren Platz zu komplettieren, bauten wir einen Tisch mit Bänken, als Tischplatte diente die Sitzfläche von einem Plumpsklo, die wir gut reinigten, das Loch mit einem Verkehrsschild verschlossen und wegen der Hygiene noch mit Folie überzogen, fertig war unser Esstisch. Daneben bauten wir ein Regal als Ablage für Töpfe und Teller und für unseren Spiritus- Kocher. Auch galt das Ganze noch als Windschutz und Begrenzung für unsere Küche unter freiem Himmel. Der Urlaub war fantastisch, abends zogen wir gelegentlich nach Alt Schwerin, dort war das einzigste Restaurant weit und breit. Nicht wie in Thüringen, wo jeder Ort mehrere Restaurants und Kneipen hat, war es damals in Mecklenburg, hier gab's im Durchschnitt auf fünf Ortschaften ein Restaurant. Tja, das war halt im Osten so. Einmal machten wir eine mehrtägige Wanderung nach Waren an der Müritz, übernachteten in einem Zeltkino im Urlauberdorf Klink und marschierten im Morgengrauen weiter nach Waren. Zum Mittag aßen wir dort im Broiler- Restaurant, was Bia aus den Jahren zuvor kannte und uns wärmstens empfahl. Das war eine gute Wahl, denn Broiler waren in der DDR ein Highlight und nicht mit den überwürzten, fettigen Bratgeflügel, was einem jetzt im Westen angeboten wird, zu vergleichen. Am See, in der Fischkneipe, gab's dann natürlich noch traditionsgemäß das obligatorische Fischbrötchen.

Ich kannte ja Waren an der Müritz noch von einem Urlaub mit meinen Eltern hier, aber mit den Kumpels hier zu sein, war natürlich was ganz anderes. Der Zelturlaub gefiel uns super, blieb allerdings einmalig, denn nach der 13. Klasse trennten sich nach dem Abi- Ball unsere Wege.

Bia ging nach Magdeburg zum Studium der Wasserwirtschaft, Micha und ich arbeiteten noch bis zur Einberufung in Leuna.

Für mich begann eine neue Zeitrechnung, mein Ehrendienst bei der Nationalen Volksarmee (NVA) stand bevor. Aber zuvor nutzte ich noch die Möglichkeit den Faschingsauftakt an der Ingenieur- Hochschule (IHS) in Köthen wahrzunehmen, auch war das ein Wiedersehen mit einer Reihe meiner ehemaligen Mitschülerinnen, die hier Lebensmitteltechnik studierten. Mein Bruder Helmut hatte mich dazu eingeladen, denn er studierte an der IHS Anlagenbau und wollte mir auch bei der Gelegenheit seine neue Flamme, Lilo, vorstellen.

Wie ich langsam zum Mann heran reifte

Zum Abschied von der „bunten Welt" tourte ich noch mal durchs Land, war in Magdeburg zum Fußballspiel „1. FCM gegen Hansa Rostock". Damals spielte Joachim Streich noch für Rostock und wurde als „Schweine Streich" ausgepfiffen. Das

Spiel gewann Magdeburg, sie waren damals unumstritten in der DDR die Nr. 1, hatten ja auch 1974 den Europa- Pokal gewonnen. Nach Magdeburg besuchte ich noch mal Köthen, Helmut hatte für mich und meine Freundin ein Zimmer besorgt und so konnte ich mit meiner Flamme mal eine super sexy Nacht verbringen.

Dann fuhr ich für fünf Tage zu meinen Onkel Gunther und Tante Hilde nach Mecklenburg, genauer gesagt in ihr Bootshaus am Neustädter See. Der Bungalow war moderner und exquisiter eingerichtet als die Wohnung meiner Eltern und die hatten schon für damalige Verhältnisse einen guten Standard. Am Tag waren wir meist mit dem Boot auf dem See, ich übte mich mit gutem Erfolg im Wasserski fahren, abends tranken wir Whisky 99 und fuhren raus zum Nachtangeln. Ja, das waren schon für mich exquisite Tage, auch verstand mein Onkel nicht, warum ich Chemiefacharbeiter geworden bin und nicht KFZ- Schlosser, wäre dann bei ihm in die Lehre gegangen, aber diese Möglichkeit hatten mir meine Eltern vorenthalten, wahrscheinlich wollten sie ihren Kleinen, wie sie mich des Öfteren nannten, noch nicht in die Fremde ziehen lassen. Wer weiß, wie dann mein späteres Leben verlaufen wäre.

Was soll's, da hilft auch jetzt kein Jammern mehr.

Mein gemütlich eingerichtetes Zimmer unterm Dach konnte in Zukunft meine Schwester nutzen, ich ging ja nun für drei Jahre in die Fremde und sie hatte bisher kein eigenes Zimmer. Zum Abschluss schenkte ich ihr als Erinnerung einen braunen Plüschaffen, so war ich auch weiterhin immer präsent.

Der November 1975 war ran gerückt, ich wurde einberufen. Mit einem Sonderzug fuhren wir nach Bad Düben, der Unteroffiziersschule der Luftstreitkräfte.

Auf dem Gelände gab es einen großen Appellplatz. Um ihn herum standen 5geschössige Neubauten, in die wir einquartiert wurden. Es fand eine Untersuchung beim Allgemeinmediziner und ein persönliches Gespräch zur Rolle der Bedeutung statt, es galt wohl der Motivation. Meine Motivation hatte danach seinen Tiefpunkt erreicht, denn schon der Gedanke daran, das nächste halbe Jahr hier gedrillt zu werden, reichte mir für den Anfang.

Zum Glück kam dann alles ganz anders.

Ein Major mit seinem Stabsfeldwebel war angereist und durchforstete die Akten der Neuzugänge. Mich und einen weiteren, ziemlich großen jungen Mann, hatte er auserwählt für seine Spezialeinheit. Ich sagte sofort zu, denn noch eine Nacht in Bad Düben wollte ich nicht erleben und so fuhren wir mit unserem Seesack auf der Ladefläche eines LO in Richtung Osten nach Cottbus. Wir wussten zwar nicht, was uns hier erwarten würde, aber es schien auf jeden Fall angenehmer zu sein als die Ausbildung auf der Unteroffiziersschule in Bad Düben.

Nach nur einer Nacht in unserer zukünftigen Dienststelle ging es am nächsten Morgen weiter nach Altenberg zur Grundausbildung. Wir wussten zwar immer noch nicht, was wir mal später machen werden, aber das war im Moment auch nicht wichtig. Es musste wohl sehr geheim sein, sonst hätte man ja wenigstens eine Andeutung machen können, ich ahnte nur so viel, dass es irgendwie mit Fotografieren zu tun haben musste, denn das war eine Frage von dem Major noch in Bad Düben, ob ich denn mit einem Fotoapparat umgehen kann. Viel Erfahrung hatte ich noch nicht damit gemacht, aber ich war schon immer neugierig und lernwillig, also was sollte schon groß passieren, das Risiko, welches ich einging, erschien mir gering.

Tja, in Altenberg kam ich mir dann doch ein wenig veralbert vor, denn hier waren vorrangig Reservisten zur Erstausbildung, also aus meiner Sicht alte Männer und das, wo ich doch durch Geräteturnen, Kraftsport und Fallschirmspringen topp drauf war, das war für mich der erste Schritt zur Alterslähmung, die so langsam dahin wandelnden alten Mumien, was sollte das werden. Na schauen wir mal, wird wohl mehr ein Urlaubsspaziergang.

Und dazu kam noch, dass das eigentlich gar kein militärisches Objekt war, sondern im Sommer als Kinderferienlager diente.

Also war es doch mehr Urlaub, als straffe militärische Grundausbildung.

Viel passierte da nicht mehr, ich kam mir streckenweise vor, wie auf der „Fritz Heckert", dem Urlauberschiff des FDGBs (Freier Deutscher Gewerkschaftsbund).

Der Politunterricht war einschläfernd, fast nur bla, bla und ein paar sozialistische Parolen. Da das hier eine Ausbildungskompanie vorrangig für Funktechnik- Stationen war, wollten uns die Ausbilder auf den Dienst dort langsam einschwören. Dass wir im Alarmfall schon nach fünf Minuten an unseren Geräten sitzen sollten, wollte mir nicht in den Kopf, da blieb ja gar keine Zeit zum Zähneputzen, meine Anfrage diesbezüglich wertete der diensthabende Offizier doch glatt als Provokation, ich schaute ihn nach seiner Schreiattacke nur kopfschüttelnd an.

Die praktische Ausbildung konnte mich auch nicht vom Hocker reißen, das ewige Rummaschiere nervte mich schon bei der GST, konnte mich noch gut dran erinnern, wie ich damals den Zugführer zur Verzweiflung brachte, nur weil ich die Befehle so ausführte, wie er falsch formuliert hatte. Ich war damals ein wenig arrogant und lies das meinen Gegenüber auch bei jeder

Gelegenheit spüren, ich war halt noch jung und unerfahren im Umgang mit Vorgesetzten.

Dann kam die Vereidigung, das Beste daran war das Festessen und endlich mal wieder eine Flasche Bier trinken. Ausgang bekam ich nicht, denn von meinen Angehörigen war keiner zu dieser Feierlichkeit angereist. Das störte mich aber wenig, denn eine Reise ins Erzgebirge wegen wenigen Stunden des Wiedersehens wollte sich keiner antun.

Danach begann auch die Ausbildung an der Waffe, was heißt schon Ausbildung, meist stand nur das Putzen der Braut des Soldaten, der Kalaschnikow, auf dem Plan.

Es war tiefster Winter im Erzgebirge und ich sah mal wieder Schnee, viel Schnee, viel tiefen Schnee. Wenn wir uns in unseren dicken Wattekombi durch die Wälder bewegten, stampften und gelegentlich kullerten, war das bestimmt lustig anzusehen, wie die kleinen Soldaten in den meist viel zu großen Winterdienstuniformen, mit einem Stahlhelm auf dem Kopf und dem Sturmgepäck auf dem Rücken, sich durch die Schneewehen quälten. Kalt war uns dabei nicht. Aber es kam noch besser. Um den Atomalarm zu üben, hatten wir so komische Schutzanzüge, oder besser gesagt silbergraue Folie- Decken, die wir um den Körper über die Uniform knöpften, mit so langen Gummistiefeln die mit Folie-Schläuchen verschweißt waren, die dann unter dem Folie- Sack rausschauten. Auf dem Kopf vor dem Gesicht hatten wir eine Gasmaske und darauf noch den Stahlhelm, so ungefähr müssen Außerirdische aussehen, wenn sie von weit her aus dem All die Erde bevölkern. Und das tolle daran war, das es noch eine Normzeit gab, sich diese Kostümierung anzutun, man sollte ja den Atomschlag überstehen, um dann den Aggressor vernichtend zu schlagen. Oh war das ein Hochgefühl und eines Tages, wie sollte es auch anders sein, mussten wir in diesem Schutzanzug unter der Maske schwer atmend, den schon mit leichtem Gepäck schwer fallend, steilen Anstieg von Altenberg, der sonst zur Abfahrt diente, hinauf. Als ich dann oben war und den hochroten Kopf des diensthabenden Unteroffiziers sah, nahm ich die Maske ab und musste lachen. Das wurde mir natürlich wieder als

Überheblichkeit gegenüber den Reservisten ausgelegt und ich geriet in Erklärungsnot, stammelte dann so etwas wie eigene Freude über den geschafften Aufstieg, mir glaubte zwar keiner, aber das Gegenteil konnten sie mir auch nicht beweisen.

Zum Glück gab es dann doch noch für Freiwillige, wo zu ich mich sofort bereit erklärt hatte, am Wochenende Arbeitseinsätze in einem nahe gelegenen Betrieb.

Wir bauten einen Boden als Sport- und Freizeitraum mit einer Kegelbahn aus, veranstalteten auch anschließend ein Probekegeln, denn wir wollten ja wissen, ob die Bahn auch was taugt.

Um uns bei Laune zu halten, gab es super Festessen, große Schnitzel, die fast über den Tellerrand reichten, dazu ein Verdauungsbier und wegen der Kälte reichlich Tee mit Schuss. Wir fühlten uns pudelwohl, es war ja auch Wochenende.

Der Betriebsleiter äußerte sich sehr positiv über unseren Arbeitseinsatz und so durften wir dann auch das nächste Wo-

chenende wieder in den Betrieb als Bau-
brigade.

So verging die Zeit der A- Kompanie auch
ziemlich schnell und ein Teil, uns inbegrif-
fen, wurde an die polnische Grenze verlegt, zu einen stillgelegten Grenzer-Stütz-
punkt. Die ersten Tage war Aufräumen
und Großreinemachen angesagt. Wir sollte in ein 10- Bettzimmer untergebracht
werden, doch dann erfuhr man aus den
Unterlagen, dass Jochen und ich Unteroffiziersschüler sind und so bekamen wir
unsere blauen Bändchen auf die Schul-
terstücke und zogen in ein 4- Bettzimmer
zu zwei anderen Schülern.

Auf dem Programm stand hier die Mili-
tärkraftfahrer- Ausbildung. Zuerst wurde
wieder Theorie gepaukt und nach bestandener Prüfung ging es auf die großen Mili-
tärkraftfahrzeuge. Ich war für das Führen
eines Urals vorgesehen. Der war schon
eine Nummer größer als der W50, auf
dem ich Fahren gelernt hatte.

Und so hatte ich auch anfangs meine
Schwierigkeiten, besonders mit dem Hal-
ten der Spur, ich fuhr regelrecht die erste
Zeit im Zick Zack. Aber was soll's, das

geht wohl anderen ähnlich. Der Unteroffizier der mir als Fahrlehrer zugeteilt war, konnte mich anfangs auch gar nicht leiden, warum weiß ich nicht, vielleicht weil ich Unteroffiziersschüler war und er somit einen höheren Anspruch an mich stellte. Egal, wir drehten unsere Runden, fuhren ins nahe gelegene Gelände, auch regelrecht durch Sandgruben, ich musste ja schließlich auch die Fahrt durchs schwere Gelände beherrschen, verunsicherten die nahe gelegene Stadt Forst und hatten dann nach sechs Wochen unsere Fahrprüfung. Der Fahrprüfer, unser Hauptfeldwebel, so ein kleiner Abgebrochener, war richtig wütend, provoziert durch die Fahrweise der Fahrschüler. Ich kam mal wieder als Letzter dran, aber damit hatte ich ja schon bei der GST gute Erfahrung gesammelt, auch ging es zurück zum Ausbildungsobjekt. Der Hauptfeldwebel war mehr mit der Auswertung der einzelnen Prüfungsleistungen beschäftigt, als mit meiner Fahrweise und so bestand ich ungefährdet auch diese Prüfung.

Nun ging es nach zehn Wochen endlich zurück zu meiner Einheit nach Cottbus. Und da wir in der Zwischenzeit von der

Staatssicherheit überprüft und als geeignet empfunden wurden, erfuhren wir jetzt auch, um was für eine Einheit es sich handelte, bei der wir unseren Ehrendienst ableisten durften. Es handelte sich um eine Kommando- Einheit, die direkt Strausberg unterstellt war und die Luftaufklärung zur Aufgabe hatte. Wir waren jetzt also Aufklärer im Auftrage des Volkes und fertigten Luftbilder, sowohl für den topografischen Dienst, als auch zur Vermessung des Braunkohleabbaus in weiten Teilen der DDR, natürlich funktionierten wir auch bei der militärischen Aufklärung und das nicht nur zu Übungszwecken.

Ich bekam also neben der Ausbildung als Militärkraftfahrer auch die Ausbildung als Luftbildfotograf. Ich war allerdings nicht mit dem Fotografieren aus der Luft beauftragt, sondern musste dafür im Labor sorgen, dass verwertbare Luftbilder den Aufklärern zur Verfügung gestellt wurden.

Ein Highlight meiner Ausbildung als Fotograf war ein Farbbildlehrgang an der Color- Schule in Wolfen. Untergebracht waren wir in einem zivilen Hotel am Marktplatz von Bitterfeld. Dort teilte ich mir mit unserem Fähnrich ein Zimmer. Ich war als Unteroffiziersschüler natürlich der niedrigste Dienstgrad. Für den Großteil der Kursteilnehmer schien das auch mehr ein zusätzlicher Urlaubsausflug zu sein, zumindest haben sie anschließend nie wieder versucht labormäßig Farbfotos zu entwickeln, egal ob additiv oder subtraktiv.

Mir hat dieser Lehrgang eine ganze Menge gegeben, auch war ich derjenige der dann zurück in Cottbus mit der zukünftigen Fertigung von Farbbildern beauftragt wurde. Dazu bekam ich ein eigens Labor, denn Geld hatte die Armee, Platz in unserm großzügig eingerichteten Gebäude auch und so fertigte ich von fort an Farbfotos. Auch durfte ich am Wochenende privat das Labor nutzen, einzige Voraussetzung war, die gefertigten Bilder am drauf folgenden Montag mit meinem Vorgesetzten, meist dem Major persönlich zu diskutieren und die Farbqualität zu bestimmen. Ich wurde immer besser und die Aufträge immer anspruchsvoller.

Im Sommer 1976 heiratete mein Bruder Helmut seine Lilo. Die Feier fand in Merseburg statt und so lernten wir auch die

Familie von Lilo kennen. Die Hochzeits-
feier war auch für mich eine willkommene
Abwechslung vom tristen Dienst im grau-
en Rock, aber dass ich nicht alles in den
paar Urlaubstagen vergesse, hatte ich einen Fotoapparat im Gepäck und fotografierte eifrig das bunte Treiben.

Während der Krankheit des Fotolabor-
chefs musste ich ihn vertreten und das
Monate lang. Dazu kam, dass ich bei einem anstehenden Manöver auch die Be-
fehlsgewalt für unseren Foto- Zug hatte,
das war schon eine Herausforderung und
Fehlentscheidungen schmerzten doppelt.
Was auch mir passierte, denn für eine Fo-
tomontage, zu der ein Film mit ca. 50 Bil-
dern entwickelt und Fotos davon gefertigt
werden sollten, entschied ich mich für ei-

ne Kopiermaschine, welche allerdings bei
falscher Einstellung die Bilder verzerrte
und so geschah es auch. Die Bilder waren
Ausschuss und mussten von Hand neu
gefertigt werden, das kostete wertvolle
Zeit und so verspielte ich die erhoffte
Zeiteinsparung durch die Maschine und
wir brauchten länger. Schade, denn das

kostete uns letztendlich den Wettbe-
werbssieg. Unser Major tröstete mich
dann allerdings im Nachgang, er hätte
auch so entschieden, denn es hätte ja
auch klappen können und ich war ja doch
auch blos ein verhältnismäßig unerfahre-
ner Unteroffizier.

Während meiner Armeezeit hatte ich mir
ein Motorrad gekauft. Die Fahrschule
machte ich zuvor beim Kraftverkehr, also
im Zivilen, war zwar selten, dass das ein
Soldat machte, aber verboten war es
nicht.

Mit dem Motorrad begann für mich eine
neue Zeitrechnung, mobil zu sein, sowohl
im Ausgang, als auch im Urlaub war doch
schon was anderes, ich spürte eine gewisse Leichtigkeit und wenn ich mit 120
km/h über die Landstraßen brauste, fühlte
ich mich, als würde ich fliegen. Auch landete ich schon mal im Straßengraben,
aber bis auf ein paar Beulen am Motorrad
war nichts zurück geblieben.

Des Öfteren fuhr ich jetzt zu meiner Ver-
wandtschaft nach Senftenberg, war bei
Tante Friedel und Onkel Kurt immer gern
gesehen, auch lebten da meine Großel-

tern mütterlicherseits noch. Sie wohnten auch dort in Senftenberg am Kirchplatz.

Das war nicht immer so, den eigentlich kamen sie aus Schlesien und mussten am Kriegsende ihre Heimat verlassen, gingen nach einem Anderthalbjahr Internierung in der CSSR nach Mecklenburg. Dazu muss man erwähnen, dass meine Großeltern acht Kinder hatten und auch die vier Kinder ihrer Schwester, welche im Krieg verstarb, mitnahmen und aufzogen. Mein Großvater ging dann als Gleisbauer nach Sachsen und brachte meine spätere Mutter in einer Gastwirtschaft in St. Micheln unter, wo sie dann meinen späteren Vater kennenlernte und 1950 heiratete.

Auch verbrachten wir als Kinder dann gelegentlich ein Teil unser Sommerferien in Mecklenburg in Neu Kaliß.

Später in den 70ern nahm dann meine Tante Friedel ihre Eltern mit nach Senftenberg, um sie besser betreuen zu können.

Ich nutzte auch im Sommer regelmäßig die Zeit für ein Bad im Senftenberger See, auch mit Jochen, der auch ein Motorrad besaß, war ich jetzt des Öfteren in Hoyerswerda, oder bei den seltsamen Schwestern in Witchenau, die hatten eine kleine Kneipe mit eigen gebrautem Bier.

Beim gemeinsamen Ausgang durfte das Motorrad auch nicht fehlen und wer am wenigsten getrunken hatte, musste uns dann nach hause bzw. zurück in die Unterkunft fahren. Einen Weg vorbei an der Eingangskontrolle über die Felder und durch ein Loch im Zaun auf dem Flugplatzgelände hatten wir auch gefunden, unser Bier ins Objekt zu bringen, war damit auch kein Problem mehr. Das triste Soldatenleben genossen wir dann regelmäßig mit Gegrillten, das Fleisch lieferte die Küche, denn die wollten ja auch hin und wieder, dass wir ihre privaten Filme entwickelten, bei ein oder vielleicht auch zwei schön gekühlten Blonden. So ließ sich die Zeit am Wochenende auch mal in der Kaserne ertragen, manchmal kam auch einer unserer Stabsfeldwebel mit frischem Fisch, den wir dann gemeinsam räucherten.

Aber bei der Armee wurde nicht nur gefeiert, wir hatten auch einen straffen Tagesablauf, wozu am Wochenende auch die Bereitschaft zur Entwicklung der Filme von Vermessungsflügen für die Braunkohle gehörte. So war es auch nicht verwunderlich, dass wir eine Patenbrigade, die Vermesser von der Markscheidetechnik, hatten, mit ihnen machten wir dann auch regelmäßig gemeinsame Brigadeabende, entweder bei uns in der Bildstelle, oder bei ihnen in Hoyerswerda.

Jeder der 6 Unteroffiziere, Soldaten hatten wir nicht, fuhr einen der LKWs, ein MAS, ein LO, ein Trabant Kübel und vier Urals, jeweils, außer dem Trabi, mit Anhängetechnik, vom Stromaggregat, über einen Wasserwagen bis hin zu Anhängern, die sowohl Material, Zelte und die VS- Stelle transportierten.

Das ich jetzt so locker darüber schreiben darf, liegt auch daran, dass mein Ehrendienst schon lange her ist und die NVA auch nicht mehr existiert, die Geheimhaltung ist somit aufgehoben.

Auch hatte ich als ordentlicher Unteroffizier eine Patenklasse, die Klasse an der Erich- Weihnert- Schule, die meine Mutter als Klassenlehrerin leitete. Ich besuchte die Klasse auch regelmäßig, versorgte sie mit Fotos von den Soldaten und berichtete den Schülern von dem anstrengenden Dienst bei der NVA um den Frieden täglich zu schützen.

Einmal im Monat wurden die Fahrzeuge bei uns in der Dienststelle gewartet und einmal im Jahr eine Woche lang auf Hochglanz poliert, alles gut abgeschmiert und mögliche Rostflecke beseitigt. Das war immer die große Zeit unseres körperlich kleinsten Schirrmeisters, der da das Sagen hatte.

Eine Weiterbildung gab es natürlich auch, neben den montägigen Politgesprächen, legten wir auch die Quali- Spange III und ein Jahr drauf auch die II ab, das Militärsportabzeichen und die Schützenschnur standen auch auf der Agenda. Nicht zuletzt das Besten- Abzeichen, was ich während meiner Dienstzeit auch erhielt, aber am meisten wurde ich mit „der Tilgung einer Strafe" geehrt, meist wegen Verstoß gegen die Uniform, denn ich hatte keine Lust auch noch im Ausgang wegen der Uniform genervt zu werden und so gehörte es zur Selbstverständlichkeit, dass ich

Zivilsachen am Standort hatte und wenn nicht im Objekt, weil gerade mal wieder aufgeflogen, dann doch bei einer Freundin. Das war alles nur eine Frage der Organisation.

In unserer Unterkunft, die grundsätzlich aus Zweibettzimmern bestand, Sanitärräume, ein geräumiger Klubraum mit Fernseher und das UvD- Zimmer gehörten auch dazu, waren am Ende des Flures die Fahrer des Militärstaatsanwaltes untergebracht. Das hatte den Vorteil, dass wir bei Bedarf auch einen zivilen Wartburg zur Verfügung hatten, den nutzten wir dann auch regelmäßig als Heimholer, oder zu Extratouren, wie einmal um zu einer privaten Silvesterparty zu kommen, ich war an diesem Tag UvD und durfte sowieso nicht so viel trinken, also fuhr ich den Wartburg. Das diente ja schließlich auch alles zur Verbesserung meiner Fahrpraxis, denn über das Jahr bot sich sonst nicht allzu oft die Möglichkeit.

Zu unseren regelmäßigen Ausgangszielen zählte „das Haus der NVA", genauso wie das „Stadt Cottbus", die Sauna mit Fitness- Bereich, der Stadtwächter, die Ritterstube, das Mentana, ein Tanzlokal was ich gern besuchte und nicht zuletzt „der Clou" die Nachtbar von Cottbus. Café' Süd (Café "Röckchen hoch") war selten unser Anlaufpunkt, denn hier beherrschten die Panzer die Szene. Zum Abschluss gingen wir nicht selten, dann schon in den Morgenstunden zum Bahnhof, um dort noch einen Kaffee zu trinken, denn der anschließende Dienst musste ja auch gemeistert werden. Nicht selten schloss ich mich dann in meinem Farblabor ein, denn da hatte ich verhältnismäßig lange Entwicklungszeiten, stellte mir den Kurzwecker und machte zwischen durch ein Nickerchen.

Amouröse Abenteuer hatte ich in Cottbus nicht wenige. Namen spielen dabei keine Rolle, aber es gab da Zeiten, da war ich mit drei Frauen gleichzeitig sexuell leiert und das Dumme daran war, dass alle Drei in einer Brigade im lokal bedeutenden Textilbetrieb arbeiteten, das war natürlich nicht geplant und reiner Zufall, führte dann aber doch zu brisanten Verwicklungen.

Ja, ein Kostverächter war ich nicht, ich liebte die Abwechslung und auch den

amourösen Reiz, den jede neue Erobe-
rung mit sich brachte. Meinem Zimmer-
kumpel, Jochen, war das gar nicht Recht,
er hatte eine Freundin, die er auch noch
während der Armeezeit ehelichte, in seinem Heimatort Hoyerswerda und blieb ihr,
zumindest in der Zeit unseres gemeinsamen Wehrdienstes, treu.

Jedes Mal, wenn einer von unserer Einheit entlassen wurde, stand ihm zu Ehren
ein Kompanieabend der besonderen Güte
an. Dafür wurde auch jedes Mal eine Zeitung gefertigt, die aus meiner Zeit habe
ich aufgehoben und gut bei einigen Erin-
nerungsstücken aus der DDR- Zeit im Kel-
ler eingelagert. Diese Zeitungen wurden
dann am Abend der Feier verkauft und mit
dem Verkaufserlös die Party mitfinanziert.
Die Abende fanden dann in ausgewählten
Lokalitäten der Umgebung statt, wir durften offiziell Zivil tragen und ausgelassen
mit unseren Partnerinnen feiern. Das war
jedes Mal ein echtes Highlight. Auch ich
hatte jedes Mal eine andere Freundin, die
Ausnahme war meine eigene Entlas-
sungsfeier, denn da war meine Freundin
in Berlin, aber dazu später mehr.

Auch wurden die Aufgaben mit denen ich auf dem Gebiet der Farbfotografie betraut wurde immer anspruchsvoller. So hatte ich auch einmal die Aufgabe ein Gegengutachten, was die Aufnahmequalität einer Luftbildkamera bei Farbfotos betraf, betraut. Japanische Experten bezichtigten unsere Hersteller einer ungenügenden Farbbrillanz, auch wären die Aufnahmen zu blaustichig. Ich machte mehrere Bilderreihen, sowohl als Papierfoto, als auch als Groß- Dia und konnte die Vorwürfe widerlegen. Das kostete mich zwar zwei Tage Arbeitszeit und auch eine Menge an Material, denn schließlich musste ich die unterschiedlichsten Filterkombinationen testen, bis ich brillante farbgetreue Bilder und Dias vorzauberte, auch testete ich die unterschiedlichsten Ausgangsmaterialien an Film und Papier, ob maskiert oder auch ohne Maske. Das war schon ein ganzes Stück Arbeit, aber meine guten fotografischen Fähigkeiten wurden dadurch bestätigt und die Ehre unserer Kamera- Hersteller wieder hergestellt. Warum den Auftrag kein ziviles Farblabor erhalten hatte, lag daran, dass zu diesem Zeitpunkt das Monopol und die Ausschließlichkeit für Luftbildaufnahmen ausnahmslos beim Militär lagen, denn alle diese Arbeiten unterlagen der Geheimen Verschlusssache (GVS).

Auch fertigte ich eine Bilderserie von Lübeck, der Film wurde als Schrägaufnahmen aufgenommen, so dass unsere Aufklärer die Luftbildaufnahmen aus dem Lufthoheitsgebiet der DDR vornehmen konnten. Bilder von dieser Serie schmückten dann auch bei mir privat die Wand, denn dadurch dass die Aufnahmen das Territorium der BRD betrafen, unterlagen sie keiner Geheimhaltung, das Gleiche betraf auch Bilder von Japan, die ich im Rahmen des o.g. Gutachtens fertigte. So hatte ich schöne Erinnerungen.

In meiner Zeit in Cottbus besuchte ich auch gelegentlich Konzerte unserer Rockgrößen, wie Engerling, eine angesagte Beatle- Coverband, City, Bergendi (eine ungarische Band) und 4PS, damals noch mit Hansi Biebel.

Einmal kam ich in eine haarige Situation, es gab bei mir Schrankkontrolle, was auch immer der Anlass war, oder mich jemand verpfiffen hatte, ich weiß es bis heute nicht. Erst wurden meine Bücher, vor allem die von Stefan Heym bemängelt, den Dissidenten im Bücherregal eines Unteroffiziers in der Kommando- Einheit, das ging ja gar nicht, aber da das alles Bücher von Verlagen der DDR waren, blieb es bei einer Rüge. Aber das war erst der Anfang, da stach unserem Major das Bild der Gruppe Renft an meiner Wand ins Auge, das durfte nun weiß Gott nicht sein, die Band, die wegen Beleidigung der Arbeiterklasse und seiner Schutzorgane als nicht mehr existent erklärt wurden war. Das durfte nicht sein, sofort wurde mein Zimmer- Genosse beauftragt, das Bild zu entfernen und gut dass er das machen sollte, er wusste von der brisanten Karte hinter dem Bild, es war eine Zivilerlaubnis, natürlich illegal und von mir selber ausgestellt, das wäre hochgegangen, wie eine Bombe und so ließ Jochen zu meinem Schutz unbemerkt diese hinters Bett fallen. Und das war gut so, denn die Schrankkontrolle brachte den nächsten Kracher. Da fand man doch Passbilder von unseren zuständigen Stasi- Leuten, von einem Major und den uns zugeordneten Aufklärungsoffiziers, einen Leutnant, dessen Namen ich vergessen habe. Oh, da wurde die Stimme unseres Majors sehr laut, Geheimnisverrat und subversive Feindtätigkeit waren noch das Geringste, was man mir nun unterstellte. Bei der folgenden Befragung im Beisein des Stasi-Offiziers konnte ich mich nur raus reden, es als unerfahrenen dummen Jungenstreich abtun und um überzeugend rüber zu kommen, stellte ich einen Antrag für den Eintritt in die Partei, der SED. Oh, da hatte man mich am Haken, nun gab es auch kein Zurück mehr, irgendwie erfreut von diesem Entschluss, holte man sofort die nötigen Formulare und als Bürgen stellten sich unserer Kompaniechef persönlich und sein Stellvertreter. Die Lage hatte sich für mich damit um 180 Grad gedreht, vom vermeintlichen Völksverräter zum Kandidaten unserer Sozialistischen Einheitspartei und das innerhalb weniger Stunden, war schon bemerkenswert, das ich später diesen Schritt bitter bereut habe, ist eine andere Geschichte.

Die Verabschiedung unseres Kommandeurs rückte immer näher, seine 25- jährige Dienstzeit ging dem Ende entgegen. Er wollte im Anschluss bei der Interflug ein Luftbildunternehmen gründen, denn die neuen Gesetze erlaubten von nun an auch ein Unternehmen im Zivilen, welche im Auftrage der Volkswirtschaft Luftbilder fertigte. Auch bot er mir an, nach meinem Studium für ihn in dem neu zugründeten Unternehmen mitzuarbeiten. Ich fand das klasse und änderte aus diesem Grund auch die Studienrichtung von Lehrer für Mathematik und Chemie in Halle auf ein Studium der Verfahrenstechnik in Merseburg an der THLM „Carl Schorlemmer", aber dazu später mehr.

Die Verabschiedungsparty für unseren Major feierten wir im Café „Freundschaft". Meine damalige Freundin, die ich eingeladen hatte, verguckte sich an dem Abend in Jochen, aber das schmerzte mich wenig, denn so richtig mit ihr was anzufangen, hatte bis dato nicht funktioniert, dafür lernte ich an dem Abend Rita kennen und aus der Beziehung entwickelte sich nicht nur eine kleine Liebelei, nein, wir waren richtig intim und das nicht als Onenightstand, sondern über Monate.

Ein anderer hochbrisanter Sonderauftrag, mit dem ich betraut wurde, war während des Kosmos- Aufenthaltes von Sigmund Jähn auf der Sojus- Station. Unser Fliegerkosmonaut hatte die Multispektral-Kamera aus Jena mit am Bord um Aufnahmen mit dieser über den sozialistischen Territorien zu machen. Zeitgleich wurden Aufnahmen über der DDR vom Flugzeug aus mit gleicher Technik zu Vergleichszwecken gemacht. Das Filmmaterial bekam unsere Bildstelle zur Entwicklung der Filme. Ich wurde damit beauftragt.

Mit den herkömmlichen Entwicklern, die wir bis dato nutzten, erzielte ich nur eine ungenügende Qualität. Aus diesem Grund wurde mir ein sowjetischer Professor auf dem Gebiet der Filmbearbeitung zur Seite gestellt, um das hochwertige Filmmaterial mit eigens dafür zusammengerührten Entwickler zu bearbeiten. Wir fanden eine brauchbare Rezeptur und von nun an mischte ich mir die Entwickler aus den Grundsubstanzen selber. Das war zwar eine sehr aufwendige Prozedur, aber letztendlich gab uns der Erfolg Recht.

Damit nicht genug, noch während des Aufenthaltes unseres Fliegerkosmonauten im All, wurde ich mit unbekanntem Ziel abkommandiert. Unser Fähnrich brachte mich nach Strausberg ins Oberkommando der Luftstreitkräfte. Von dort aus ging es nach Berlin zum Militärverlag. Dieser hatte den Zuschlag für die Präsentation des Kosmos- Ausfluges unseres Flieger-Kosmonauten Sigmund Jähn bekommen und durfte das Unternehmen bildtechnisch publizieren. Der Militärverlag brauchte aber für diese anspruchsvolle Aufgabe personelle Unterstützung und so kommandierte man mich und zwei weitere Genossen aus anderen Einheiten ab nach Berlin. Nach einem kurzen Qualitätscheck arbeitete ich von fort an im Farblabor, die beiden anderen unterstützten die Kollegen im Schwarz/ Weiß- Bereich. Für mich war der Arbeitseinsatz, der sich auch bis zum Ende meiner Dienstzeit erstreckte, sehr lehrreich, denn hier hatte ich die Möglichkeit für mich erstmalig mit westdeutscher und italienischer Technik dem Printer und am Dors zu arbeiten. Auch hatte der Militärbilddienst dort eine Entwicklungsmaschine für Farbbilder von Hoechst, so war eine gleichmäßige Qualität der Bilder gewährleistet und für mich nur noch wichtig die richtige Filterkombination und Belichtungszeit einzustellen. Das Arbeiten mit dieser Technik machte mir richtig Spaß.

Untergebracht waren wir im Wohnheim des Militärverlages in Karlshorst. Und da man keine Probleme mit uns an den Wocheenden in Berlin haben wollte, bekamen wir jedes Mal Urlaub.

Aber in der Woche durften wir nach Feierabend Berlin erkunden. Die erste Zeit testeten wir alle Broilergaststätten, die wir ausfindig machen konnten und kürten den Broiler in Karlshorst, der bis Mitternacht auf hatte, als den für uns Besten, der Broiler war knusprig und nicht zu fettig, für uns ein wahrer Gaumenschmaus. Natürlich testete ich auch verschiedenen andere gastronomische Einrichtungen, Tanzlokale und Nachtclubs. Dabei bewegte ich mich allerdings vorrangig in Treptow, Karlshorst und Köpenick, Berlins Mitte und vor allem die Friedrichstraße sollten wir meiden und das taten wir, schon unseren Selbsterhaltungstrieb folgend, auch.

Eines Abends lernte ich Petra kennen, sie war zwar älter als ich und hatte auch einen Sohn, aber das störte mich nicht. Sie wohnte in Berlin- Treptow, direkt an der Mauer. Mit ihr verbrachte ich von nun an meine Freizeit, sie zeigte mir andere Seiten von Berlin und lehrte mich auch im Liebesspiel, ja, so feurige Nächte hatte ich zuvor nicht erlebt, sie hob den Sex auf eine für mich neue Qualität. Da ist schon was Wahres dran, wenn man meint, man solle sich unbedingt auf eine erfahrene Frau einlassen, dadurch erlebte ich von nun an alles intensiver, danke Petra.

Vor der Zeit mit Petra fuhr ich am Wochenende meist nach Merseburg, einmal machte ich auch Urlaub im Militärobjekt in Cottbus, da hat der Soldat am Kontrollpunkt vielleicht blöd geguckt, als er meinen Urlaubsschein mit der Zieladresse Militärflugplatz Cottbus in den Händen hielt, aber das war schon richtig so, ich hatte mal wieder Bock auf die Stadt in der Lausitz und ein Bett hatte ich nun mal bei der Bildstelle.

Mit einem jungen Leutnant, der zu Ausbildungszwecken am Standort weilte, zog ich das Wochenende um die Häuser, war auch mal wieder im Clou, aber da ich jetzt von Berlin infiziert war, schmeckte das alles hier sehr hausbacken.

Und so war es dann auch, dass ich erst zu meiner Entlassung und der damit verbundenen Abschluss- Party, die für Jochen und mich ausgerichtet wurde, mal wieder in Cottbus aufschlug.

Zuvor wurden wir in Berlin vom General Hahn persönlich mit einem Bildband zur Erinnerung an unseren Berlin- Auftrag und einer dicken Prämie verabschiedet.

Darauf war sogar unser neuer Kommandeur in Cottbus neidisch. Als Abschluss-Auszeichnung erhielt ich hier auf eigenen Wunsch noch einmal die Kratzerplatte (das Besten- Abzeichen mit Anhänger).

Die Abschluss- Party verlief ganz cool, Jochen und ich waren die Hauptdarsteller und danach ging alles ziemlich schnell, mein Vater holte mich mit dem Wartburg von Cottbus ab, denn ich hatte doch allerhand Schätze in meiner Armeezeit angehäuft, neben einer Reihe von Büchern, war auch meine Schallplattensammlung ganz schön angewachsen, ich hatte ja dort meinen Plattenspieler mit diversen Platten, die sich durch das gute Angebot in der Militärverkaufstelle am Standort Flugplatz Cottbus verdoppelt hatte.

So verlies ich mit dem Halstuch und der Reservistenmedaille drangesteckt meinen Wirkungskreis der vergangenen drei Jahre. Den Ehrendienst habe ich bis heute nicht bereut, er brachte mir neben der Fahrpraxis für große LKWs, eine gute Fotoausbildung, eine verlockende Berufsaussicht nach erfolgreich abgeschlossenen Studium und den Anspruch auf ein gutes Stipendium, was mich finanziell unabhängig von meinen Eltern machte und das war mir nach wie vor sehr wichtig.

Das Studium der Verfahrenstechnik und was danach noch passierte!

Merseburg hatte sich beginnend in den 60ern stark verändert. Neubauten bestimmten immer mehr die Skyline dieser Stadt. Auch nach Westen weitergebaut, an der Straße, die nach Geusa ins Geiseltal führt, entstand ein Stadtteil besonderer Art. Hörsäle, Laboratorien, Verwaltungsgebäude, Technikums- Hallen der

Technischen Hochschule „Carl Schorlemmer" entstanden innerhalb von wenigen Jahren. Die Hochschule war ein echtes Kind der DDR und trug auch den Beinamen „rote Hochschule". An ihr sollten vorrangig die zukünftigen Fachkräfte für die Chemie- Industrie ausgebildet werden. In den Fachrichtungen Chemie, Verfahrenstechnik, Wirtschaftswissenschaften, Werkstoffkunde, Physik und Mathematik studierten hier tausende junge Menschen. Es gab auch eine Spezialschule, die Abiturienten auf das spätere Studium vorbereitete. Die Studenten lebten in 12 Wohnheimen, die eigens für sie errichtet wurden.

Tja, nun hatten wir schon November 1978, das Studium hatte offiziell im September begonnen, ich kam, bedingt durch die Ableistung meines Ehrendienstes, jetzt erst an die Hochschule.

Immatrikuliert wurde ich natürlich auch im September, hatte damals Urlaub, um diesen Feierlichkeiten beizuwohnen. Auch lernte ich da meine zukünftige Seminargruppe, die VT 78-01, und die Seminargruppenbetreuerin Beate kennen.

Wir waren dem Wissenschaftsbereich der Strömungsmechanik zugeordnet, eine große Verpflichtung, wie sich herausstellte. Der Leiter dieses Wissenschaftsbereiches war Professor Naue, zugleich auch Rektor der Hochschule.

Um mir meinen verspäteten Einstieg ins Studium zu erleichtern, hatte ein Kommilitone in den Vorlesungen für mich mitgeschrieben. Es war Wolle, seine Schrift konnte ich zwar kaum lesen, aber es war doch eine gut gemeinte Geste. Ich bedankte mich anerkennend.

Bald spürte ich auch die Sonderstellung dieser Seminargruppe. Wir hatten den größten Anteil an Genossen im Studienjahr und von Beginn an eine damit verbundene Vorbildfunktion.

Obwohl ich in Merseburg- Süd bei meinen Eltern wohnte, hatte ich Anspruch auf einen Wohnheimplatz und das im Zimmer der größten Streber, Ronny und den Langen.

Aber vorerst wohnte ich zu Hause, hatte mir mein Mansardenzimmer neu renoviert und zum Teil neu möbliert, ein selbst gebauter Schreibtisch gehörte auch dazu. Es war jetzt auch moderner und nicht mehr so plüschig, wie ich es vor meinen Ehrendienst als Leuna- Lehrling eingerichtet hatte. Damals legte ich Wert auf Bequemlichkeit, jetzt stand die Funktionalität im Vordergrund. Mein Hobby, den Obstwein, pflegte ich auch wieder verstärkt und so setzte ich im Jahr ca. 70 Liter von diesem süßen wohlschmeckenden Gesöff an.

Aber zurück zum Studium, morgens fuhr ich mit meinem Motorrad zur Hochschule, war meist auch pünktlich, nur wenn mal wieder alle Ampeln Rot zeigten, wurde es etwas später, aber das kam nicht täglich vor.

Ich muss allerdings auch gestehen, dass ich mir den Einstieg in den Lernprozess doch leichter vorgestellt hatte, die drei Jahre Lernunterbrechung hatten doch einige Lücken gerissen. Am meisten erwischte mich das bei M/L (Marxismus/ Leninismus) und in Mathe. Von der Dialektik, die jetzt gelehrt wurde, hatte ich gar keinen Schimmer und die Klassiker studieren, war auch nicht mein Ding, aber auch in Mathe blätterte ich in den mir eigens zusätzlich gekauften Lehrbüchern am Anfang mehr rückwärts als nach vorn. Oh, das Verstehen und Anwenden der vielen Lehrsätze waren nicht das, was ich früher an der Schule beachtete. Ich lernte am Beispiel und über die Anwendung auch praxisbezogener Aufgabenstellungen. Das war aber hier ganz anders. So hatte ich anfangs Mühe den Unterrichtsgeschehen zu folgen. Meine Mitstudenten waren mir beim Aufholen eine große Hilfe, auch hatte ich inzwischen meinen Schlafplatz ins Wohnheim verlegt um näher am Geschehen dran zu sein.

Auch war hier das Miteinander wesentlich interessanter als allein zu Haus. So machten wir hier auch mal spontan eine Flur-Fete, bei der die Flaschen kreisten, wir zur Gitarre sangen oder heiße Rhythmen aus der Konserve hörten. Ein Mädel fiel mir dabei besonders ins Auge und da ich mich, auch zur Freude meiner Eltern, von Petra getrennt hatte, war in meinem großen Herz wieder Platz für ein neues amouröses Abenteuer, oder sollte sich da später vielleicht mehr daraus entwickeln?

Den Anschluss an das vorherrschende Studienniveau schaffte ich dann doch ziemlich schnell, es war schon vom Vorteil in einer so leistungsstarken Gemeinschaft zu lernen.

Auch war mein Kandidatenjahr zu ende, wir saßen im Hörsaal der VT zur APO-Versammlung und beim Verlesen der beiden mich betreffenden Bürgschaften ging ein Raunen durch die anwesenden Genossen. Da stand einer, der sich beim Interkosmosprogramm verdient gemacht hatte, damit hatte keiner gerechnet und so wurde ich einstimmig in die Reihen der Sozialistischen Einheitspartei Deutschlands als Mitglied aufgenommen. Nicht mehr nur Kampfreserve der Partei sondern jetzt vollwertiges Mitglied das war schon was, die Vorschusslorbeeren brachten dann allerdings im späteren Ablauf auch zusätzliche anspruchsvolle Verpflichtungen mit sich.

Den Sportunterricht durften wir beim Studium frei wählen. Da ich keine speziellen Vorlieben hatte, entschied ich mich für Allgemeinsport. Die Sportgruppe wurde dann allerdings mangels breiten Interesses der Basketballgruppe zugeordnet. Mit Basketball hatte ich nun gar nichts am Hut, auch war ich dafür doch mit meinen 1,74 m zu klein. Aber was soll's, vorerst gab es keine Alternativen.

Erst ein halbes Jahr später als die sozialistische Wehrerziehung immer mehr an Bedeutung gewann und in unserer Sektion auch eine Wehrsportgruppe gegründet wurde, wechselte ich dahin. Hier stand vorrangig die Ausbildung an der Waffe, so wohl an der KK- MPi, als auch an der Mangolin Long, einer Kleinkaliber Pistole, so wie auch der Kraftsport im Mittelpunkt. Das war schon eher was für mich und beim alljährlichen Leistungstest zeigte ich auch, dass der Wechsel mir und meiner Kondition nicht geschadet hatte. Die Grundübungen, wie Klimmziehen, Liegestütz usw. absolvierte ich alle mit 100% und beim 3000 m- Lauf distanzierte ich den Zweitplatzierten des Studienjahres mit mehr als eine Minute Vorsprung. Meine überzeugenden Ausdauerleistungen rührten auch daher, dass ich bei der Armee über einen längeren Zeitraum jeden zweiten Abend 3000 m auf dem nahegelegenen Sportplatz absolvierte und den anderen Abend mit der 50 kg- Hantel spielte. Auch war ich von unserer Einheit damals zu jeden Fernwettkampf delegiert worden um Punkte für das Kollektiv zu sammeln. So war dieser Sporttest an der Hochschule für mich keine Herausforderung.

Also vorerst alles richtig gemacht.

Das erste Semester war zu Ende und als FDJ- Gruppe hatte unser Studienjahr ein Problem. Fast die gesamte Gruppenleitung hatte Leistungsausfälle, das war ein unhaltbarer Zustand, wo blieb da die Vorbildwirkung. Fazit war, ich wurde per Partei- Auftrag in die Studienjahresleitung als stellvertretender Sekretär delegiert. Das war mir anfangs gar nicht recht, denn ich war froh gerade den Anschluss an das durchschnittliche Studienniveau geschafft zu haben, da sollte ich mich schon mit gesellschaftlichen Aufgaben verzetteln, aber bei einem Partei- Auftrag hatte ich keine Wahl, ich musste, ob ich wollte oder nicht.

Wenn ich dann erstmal was machte, wollte ich es auch richtig machen, aber das kostete wertvolle Zeit.

In unserer Seminargruppe verzeichneten wir den ersten Abgang, ein Mädel hatte aufgegeben und bis zum Ende des ersten Studienjahres sollten noch drei dazu kommen, eine davon, die Heike, gesundheitsbedingt, die anderen beiden, ein Ehepaar hatte einfach die falschen Prioritäten, das Studium betreffend, gesetzt und konnte das geforderte Leistungsniveau nicht halten.

Auch machten wir eine Seminargruppenfahrt in den Harz nach Ballenstedt. Evchen organisierte das Ganze. Untergebracht waren wir in der Jägerhütte der dortigen Jagdgemeinschaft. Da ich mit dem Motorrad da war, durfte ich früh frische Bäckerbrötchen holen und fuhr dafür mit Evchen in die Ortschaft, tranken bei ihr zu Hause nach dem Bäcker einen wohlschmeckenden Kakao, auch lernte ich bei der Gelegenheit ihre Großmutter kennen, die mich auch ganz sympathisch fand und fuhren dann zurück zur Jagdhütte. Die anderen hatten in der Zwischenzeit ihre Morgentoilette beendet und freuten sich auf das zünftige Frühstück. Nachdem wir uns gestärkt hatten, erkundeten wir die Umgebung. Ja, der Harz mit seinen

Mischwald, seinen steilen Hängen und tiefen Tälern ist schon was Besonderes. Die Tage dort waren einfach herrlich.

Wieder in Merseburg zurück stand im Hause Wengler ein weiteres Familienfest an, Karin hatte Jugendweihe und traditionsgemäß kamen die Verwanden. Wir feierten in der Sportgaststätte am Stadtpark, so hatte man nicht zu Hause den ganzen Trubel.

Zu Pfingsten war Nationales Jugendfestival in Berlin, anlässlich des 30- jährigen Bestehens der Deutschen Demokratischen Republik und vier von uns zählten zu den Delegierten. Das waren Ronny, Wolle, Evchen und ich. Wir waren in einer Schule untergebracht, das Massenquartier störte uns nicht weiter, was für uns zählte waren die vielen Kulturveranstaltungen. Wir besuchten Bands, wie Lift, Jürgen Kehrt, floh de collonch, Karussell, Jahrgang 49, den Oktoberklub, Berry Friedmann, Jack und Genossen um nur einige zu nennen, durften natürlich bei der Großdemonstration auf der Karl- Marx-Allee auch nicht fehlen. Nach den drei Tagen voller Eindrücke ging es dann traditionsgemäß im Güterwagen zurück nach Merseburg, das Transportmittel störte uns nicht, wir waren einfach nur müde.

Ich hatte eine Menge Fotos gemacht und wollte sie nun irgendwo entwickeln. Da bekam ich den Tipp von unserer FDJ-Sektionsleitung, dass wir an der Hochschule einen Fotoclub hatten und welch Zufall, dessen Fotolabor war bei uns im Wohnheim. Voraussetzung dafür, dass ich das Labor nutzen durfte, war die Teilnahme an einem gerade ausgeschriebenen Fotowettbewerb. Nun gut, ich nahm am Wettbewerb mit drei Motiven vom Jugendfestival teil und wie es der Zufall auch wollte, gewann ich diesen Wettbewerb und erhielt auch noch einen Sonderpreis für eine Foto- Montage. Die Prämie konnte ich ganz gut gebrauchen, Geld zusätzlich, wer sagt da schon nein, was ich aber dann auch machte, ich trat dem Fotoclub bei, denn die Labornutzung und dann noch im gleichen Wohnheim, was wollte ich mehr. Mit dem Clubchef war ich mir schnell einig, der Laborschlüssel war von fortan bei mir. Auch machte ich jetzt regelmäßig Fotos, manchmal gepaart mit einem Artikel, für das TH- Echo, der wöchentlich erscheinenden hochschuleigenen Zeitung, zum Chefredakteur Ralf Buschendorf hatte ich dann auch bald ein freundschaftliches Du- Verhältnis. Und der Öffentlichkeitsarbeit unseres Studienjahres stand das auch gut zu Gesicht. Auch hatte ich eingeführt, dass die Wandzeitungen auf den Wohnheimetagen, die unser Studienjahr belegte, monatlich mit aktuellen Themen gestaltet wurden. Den Anfang machte eine von mir gestaltete Wandzeitung zum Thema „sozialistisch Wohnen". Der Titel war von mir eher provokativ gewählt, denn ich zeigte dort in Wort und Bild die verdreckten Gemeinschaftsküchen, die mit Schnapsflaschen dekorierten Studentenbuden, einer Abreiß- und einer Mahl-Ecke. Die Wandzeitung schlug natürlich ein wie eine Bombe, sie sorgte für regen Diskussionsstoff und mitunter wurden die Diskussionen direkt an der Wandzeitung ausgeführt. Das war ja auch das, was ich erreichen wollte, die Wandzeitung nicht nur für propagandistisches Bla Bla, sondern als streitbaren Kulturaustausch zu nutzen.

Das tat dem Studienjahr gut und so beschlossen wir, dass im monatlichen

Wechsel jeweils eine Seminargruppe für die Neugestaltung zuständig war, Themen dafür gab es genug und des Öfteren steuerte ich auch aktuelle Fotos aus dem Studienalltag bei.

Ich hatte mich in Evchen verguckt und kämpfte um ihr Wohlgefallen. Auch fuhr ich mal am Wochenende in den Harz um ihr bei einem Beleg in technischer Mechanik zu helfen, mein Pech war allerdings, sie ist gar nicht das Wochenende nach Hause gefahren, sie blieb in Merseburg um zu lernen. Ich zerfuhr mir bei der Tour einen Reifen und den Wohnheim-Schlüssel hatte ich auch verloren, das kostete richtig Geld. Aber was soll's ich war verliebt und was macht man da nicht alles, nur um bei seiner Angebeteten zu landen. Später, bei einer Seminargruppenfete anlässlich Ronnys Geburtstags fand ich bei ihr Gehör und die Welt erstrahlte für mich in den schönsten Farben.

In der Sommerpause nach dem ersten Studienjahr fuhren wir als Seminargruppe fast geschlossen nach Berlin in den Studentensommer. Wir arbeiteten dort in der Metallaufbereitung und demontierten

Computerschrott. Was da allerdings alles auf dem Schrott gelandet ist, war für mich unverständlich. So wurden da unter anderen noch verpackte Messarmaturen entsorgt über die sich jedes technische Labor gefreut hätte. Ich hatte ja nun in Leuna gelernt und dort gesehen, an was es in den physikalischen Laboren zum Teil fehlte und hier lagen die intakten Geräte auf dem Schrottplatz, oh Berlin, wie wurde hier verschwendet.

Ansonsten hatten wir hier super drei Wochen, waren zwar mal wieder in einer Schule und somit in einem Massenquartier untergebracht aber dafür konnten wir dort auch die gegebenen Freizeitmöglichkeiten nutzen, spielten Volleyball oder machten einen Stadtbummel, schließlich waren wir mitten in der Stadt und für uns aus der Provinz war das ein Kulturhighligth.

Nach den Semesterferien im zweiten Studienjahr wurde ich auch offiziell durch die Studentenschaft unseres Studienjahres zum stellvertretenden Studienjahresvorsitzenden gewählt. Ich propagierte zur Wahlveranstaltung ein straffes anspruchsvolles Arbeitsprogramm für das kommende Jahr, was natürlich auch eine Reihe von kulturellen und sportlichen Veranstaltungen innehatte. Wenn auch einige die Stirn runzelten, so stimmten doch letztendlich alle zu.

Wir gründeten im zweiten Studienjahr auch eine Vielzahl von Lernpatenschaften, da die Leistungen in Mathematik bei einer Vielzahl von uns zu wünschen übrig ließen, setzten wir uns in der Gruppenleitung mit unserem Mathe- Dozenten Dr. Reinhold zusammen bestimmten Lerngruppen für fast jede Seminargruppe, für die einen war das eine Förderung für andere, was den Studienablauf betraf, überlebensnotwendig. Diese Aktion trug Früchte, die Leistungsausfälle minimierten sich. Die Unterstützung untereinander war bei uns zum studentischen Alltag geworden.

Anlässlich des 30. Jahrestages der DDR fand am Vorabend des 7. Oktobers der große Fackelzug der FDJ unter den Linden in der Mitte von Berlin statt. Aus allen Bezirken der Republik wurden ausgewählte FDJler dazu mit Bussen in die Hauptstadt gebracht, vorher mit dem neuen FDJ- Anorak ausgestattet, um mit einem einheitliches Fackelmeer vor der Tribüne mit den DDR- Oberen und Gästen die Stärke und Einheit der Jugend zu demonstrieren. Ronny, Wolle und ich durften da natürlich auch nicht fehlen. Vor der Tribüne in Position gebracht, sangen wir alle die Internationale, ein beeindruckendes Schauspiel.

Was im zweiten Studienjahr auch auf uns wartete, waren das Armee- und das ZV-Lager. Hier galt es für die wehrhaften männlichen Studenten in Seelingstedt seine militärischen Kenntnisse aufzufrischen. Ich, als Spezialist, war ja Luftbildfotograf, war sowohl bei der Werbung für den Reserveoffizier, als auch den Motschützenalltag außen vor und durfte als Stadions- Unteroffizier die Ausbildung mit absichern, das war ein gedienter Job, vor allem stressfrei.

Unsere Mädels und die c- tauglichen jungen Herren waren in Obertau zur Zivilausbildung, wo vor allem der Katastrophenschutz auf der Tagesordnung stand.

Die Mädels hatten mitunter eine stressigere und härtere Ausbildung als wir.

Die Beziehung zwischen mir und Evchen war in der Zwischenzeit eine richtige Liebe geworden, keiner wollte von dem anderen lassen, auch waren wir beide aus dem Wohnheim zu mir in meine Mansarde gezogen. So konnten wir unsern Intimbereich doch mehr schützen und unsere Liebe in ruhiger Zweisamkeit ausleben.

Es war eine schöne Zeit, einmal luden wir auch Freunde aus unserer Seminargruppe ein und verbrachten einen lustigen Abend. Bis auf einen, Imtias, unser Bangladeschi, trank meinen Mehrfruchtwein wie Apfelmost und das rächte sich umgehend. Die Seele aus sich rausgekotzt hat er sich dann auf der Toilette und lehnte fortan jeglichen Weingenuß aus meiner Brauküche ab, er hatte die Wirkung des alkoholischen Getränks unterschätzt und musste nun bitter leiden.

Alle anderen waren immer angetan, wenn ich zu unseren Wohnheimfeten einen 5 Liter- Ballon des süßen Gesöffs mitbrachte.

Für den Kultur- Wettstreit, der Alljährlich an unserer Hochschule stattfand, hatten wir eigens ein selbstgeschriebenes Theaterstück eingeübt, namens Faust II, ein junger Faust, der sich durch den Studentenalltag quälte und den „Merseburger Nächten" (unsere Version von dem Titel „Kreuzberger Nächte sind lang") vereinnahmen ließ. Er fand auch seine Gretchen, dargestellt von Evchen.

Das Stück gefiel dem in der Ölgrube, dem angesagtesten Studentenclub in Merseburg, anwesenden Publikum und wir belegten den ersten Platz.

Später bei einem Bezirksausscheid erhielten wir als Technikstudenten Anerkennung für unsere Darbietung, der Gruppe von der Kunsthochschule waren wir im Wettbewerb allerdings nicht gewachsen. Das störte uns wenig, bei uns an der Hochschule mussten wir es sogar Openair bei den Studententagen öffentlich aufführen. Wir hatten damit richtig gepunktet im studentischen Wettbewerb.

Die alljährlich stattfindenden Studententage waren der kulturelle Höhepunkt an der THLM. Geprägt durch studentische Vorlesungen, Vorstellung von Wissenschaftsprojekten und vielen kulturellen Veranstaltungen, sowohl in den Studentenclubs, als auch in den Hörsälen oder openair. Es spielten angesagte Rockbands, wie Elektra, Reform, Stern Meißen aber auch Transit gaben sich hier die Ehre. Auch spielte das Hochschulkabarett „die TH-arantel" zur Freude vieler Studenten und Hochschulmitarbeitern. Ich war meist mit dem Fotoapparat unterwegs und fotografierte für das TH- Echo, für Wandzeitungen im VT-Gebäude und Wohnheim, natürlich auch für mich privat.

Ein anderer kultureller Höhepunkt war der alljährlich stattfindende Fasching an der TH, dessen guter Ruf weit über die Grenzen der Hochschule hinausreichte. Karten dafür waren hoch begehrt und wurden auf Zuteilung verkauft. Obwohl wir schon an vier Tagen Fasching feierten, konnte der Bedarf nicht gedeckt werden. Ein buntes

Programm mit Büttenreden, kleinen Thea-terstücken und viel Life- Musik erwartete in den prächtig, meist themenbezogen gestalteten Räumlichkeiten der Mensa.

Bevor die neue Mensa gebaut wurde, fand der Fasching im Klubhaus in Leuna mit Tanz in allen Räumen statt. Als Lehr-ling hatte ich 1975 schon mal das Glück dort mitzufeiern.

Eine Foto- Ecke gab es natürlich auch je-des Jahr, in der sich die Närrinnen und Narren in den verschiedensten Posen ab-lichten lassen konnten. Das war auch eine gute Einnahmequelle für den hochschul-eigenen Fotoclub, wovon wiederum Foto-Material und neue Gerätschaften gekauft werden konnten.

Fast an jedem Tag gab es in irgendeinen Studentenclub, davon gab es zu meiner Zeit sieben, kulturelle Veranstaltungen, das gehörte einfach zum studentischen Alltag dazu und war auch ein guter Kon-trast zum meist doch anspruchsvollen Studium, man konnte dadurch gut ab-schalten und sich reproduzieren, wenn man wollte.

Bei uns im Wohnheim 12 gab es auf jeder Etage einen Klubraum, der für Seminargruppen- Veranstaltungen gebucht werden konnte und oben im 10. Stock war „die Höhe", hier gab es jeden Tag was zu trinken, geselliges Beisammensein und auch kulturelle Themen- Abende.

Es war mal wieder Pfingsten und ein neues Festival stand an. Dieses Mal war es das Treffen der DDR- Jugend mit den Komsomolzen dem Jugendverband unseres Bruderlandes der UdSSR in Karl-Marx- Stadt. Ich war der Delegierte unserer Sektion und durfte an den Feierlichkeiten in der sächsischen Vorzeigestadt teilnehmen. Das war natürlich eine große Ehre und erinnerte mich ein wenig an das 1974 stattfindende Treffen in Halle, wo ich damals als vorbildlicher Lehrling der BBS Leuna teilnehmen durfte. Da das ganze diesmal in einem anderen Bezirk stattfand, waren wir vom Kreis Merseburg auch nur 10 Delegierte. Evchen war privat angereist und bei meinem Bruder Helmut, der vor Ort wohnte, untergebracht. So konnten wir einige kulturelle Veranstaltungen gemeinsam besuchen. So waren wir unter anderen bei Dean Reed, einem angesagte US- Schauspieler der sich auch damals als Protestsänger profilierte, einer Top Stuntshow mit Autos, dem Auftritt eines russischen Folklore- Chors, Gotte und natürlich der obligatorischen Großdemonstration. Einen Spielplatz zu rekonstruieren, half ebenfalls unsere Bezirksdelegation.

Aber nochmal zurück zu unseren Studentenklubs. Manch ein Student war so in die Klubarbeit eingebunden, dass er kaum noch Zeit fürs eigentliche Studium fand, auch aus unserer Seminargruppe erwischte es einen, Paul, der dann auch mangels Leistungen in politischer Ökonomie vorzeitig exmatrikuliert wurde. Es war schade um ihn, in den technischen Fächern und gerade auch in Mathe war er ein Ass, aber den M/L- Fächern wurde zu unserer Zeit eine große Bedeutung beigemessen, sie zählten mit zu den Hauptfächern und bei ungenügenden Leistungen darin, war es tödlich für das eigene Studium.

Meine Liebe zu Evchen schien Früchte zu tragen, wir erwarteten ein Kind, zuvor war aber traditionsgemäß unsere Hochzeit angesagt. Wir verständigten uns mit unseren Eltern und schon wurde alles organisiert, wir brauchten uns um nichts selber kümmern.

Eigentlich wollten wir diesen Sommer nach Bulgarien in den Studentensommer, aber die damit verbundenen Anstrengungen wollte ich Evchen nicht zumuten, also ging ich zu Christian unseren Sektions- FDJ- Sekretär und verpflichtete mich statt für Bulgarien für das Interlager, was jeden Sommer während der Semesterferien in Merseburg an der Hochschule ausgerichtet wurde.

Das entpuppte sich doch als eine größere Herausforderung als ich vorher vermutete. Ich war zuständig für die Studentenbrigade der Verfahrenstechnik, das waren ausnahmslos zukünftige Studenten der VT in ihrem sogenannten „Nullten Studienjahr", so bezeichnet, da sie noch nicht immatrikuliert waren. Aber damit nicht genug, ich betreute außerdem die beiden Bulgarischen Studentengruppen aus Sofia und Burgas. Der Studentensommer forderte seinen Tribut. Wir arbeiteten in BUNA und gruben vor den Werkhallen der Karbid-

Produktion Gräben für Kabel und Zu- bzw. Abfluss-Rohre. Das war eine Drecksarbeit, nicht nur der Staub der einem das Atmen erschwerte, nein, auch ein betonharter Boden durch den wir uns durchwühlten, natürlich unter der FDJ- Fahne, die ständig über uns wehte und passend dazu im FDJ- Hemd. Zum Glück hatte ich mehrere, so dass ich regelmäßig das Oberhemd wechseln konnte.

Kultur gab es natürlich auch im Studentenlager, neben gemeinsamen Sportveranstaltungen, Partys, einem Kulturwettstreit zu dem jede Brigade ein Programm aufführte, fanden auch Wandzeitungs- und Plakat- Wettbewerbe statt.

Dr. Christian Kohlert fungierte in diesem Jahr als Lagerleiter. Zwischen uns hatte sich ein freundschaftliches Verhältnis entwickelt, was auch bis zu meinen Fortgang von der Hochschule im Sommer 1986 bestand hatte.

Einen Höhepunkt gab es während des Studentensommers noch, sowohl Christian mit seiner Ljudmila, als auch Evchen und ich heirateten. Christian feierte das als Lagerhochzeit, hatte alle zur großen

Party eingeladen, wir wollten die Feier privater angehen. Den Polterabend feierten wir am 31.07.1980 in Merseburg, Amselweg 11, hatten dafür den Hof als Party-Zone ausgestaltet, als Schlechtwettervariante die Hoffläche vor der Garage überdacht und mit Schilfwänden abgeteilt, über den Hof zogen wir Lichterketten und hatten Sitzgruppen gestellt, als Disco-Tower nutzten wir den Balkon, auf dem eine leistungsstarke Anlage platziert wurde, so konnte einer zünftigen Party nichts mehr im Wege stehen, die Gäste feierten lautstark, des Öfteren flog Porzellan und kündigte neue Gäste an, es kamen reichlich, Verwandte und Nachbarn, Bia, Micha Gundel und Günter nebst Partnern aus meiner ehemaligen Lehrzeit, Vertreter unserer Seminargruppe die nebst Geschenk mit einem Gedicht aufwarteten, aber dem nicht genug, dann kam Christian gefolgt von ca. 40 Mitstreitern aus dem Interlager, die sich diese Feier nicht entgehen lassen wollten. Mit so vielen Gästen hatten wir nicht gerechnet, aber zum Glück hatten meine Eltern gut vorgesorgt, so dass es an Speisen und Getränken nicht mangelte. Es wurde getanzt, gemeinsam gesungen, Rainer hatte seine Gitarre mit, er war

Leiter des TH- Singe- Klubs und hatte dem zu folge auch eine Menge Lieder, einschließlich Volksliedern im Gepäck, gescherzt und gelacht wurde bis tief in die Nacht. Natürlich mussten traditionsgemäß die Scherben vor Mitternacht von dem Brautpaar zusammengefegt werden. Danach feierten wir weiter. Nicht umsonst machten wir zwischen Polterabend und Hochzeit einen Tag Pause.

Aufgewacht, wenn auch partiell doch noch etwas schlaftrunken, packten wir am nächsten Tag unsere Sachen und fuhren nach Ballenstedt in den Harz. Evchen ist dort noch zum Friseur um sich für die Hochzeit schick machen zu lassen, ich nutzte die Ruhe vor dem Sturm noch zu einem kurzen Waldspaziergang.

Ausgeruht fuhren wir dann mit Schwiegereltern am Sonntag- Morgen nach Nienburg, der Stadt wo Bode und Saale zusammenfinden, zu unserer Hochzeit.

Im dortigen Rathaus fand dann am späten Vormittag des 2. Augusts 1980 unsere Trauung statt, Schwiegermutter schniefte ins Taschentuch, ihre jüngste Tochter stand ja nun vorm Traualtar und die Standesamt- Angestellte gab sich in ihrer Festrede die größte Mühe. Alle Anwesenden waren ergriffen und so gaben wir uns das „Ja-„ Wort. Draußen vor dem Standesamt wartete eine neugierige Kinderschar und beugte sich nach dem hingeworfenen Kleingeld, so verlangte es die Tradition, es war ein alter Brauch, warum sollten wir ihn an dem Tag brechen, die Kinder freuten sich und alle waren zufrieden.

Von dort aus ging es zum Hotel, das beste Haus am Platz. Dort wartete auf uns ein Stamm auf dem Sägebock, welcher traditionsgemäß vom frischvermählten Brautpaar zersägt werden musste. Kein Problem, denn wir waren ja alle Handwerker und somit war das keine große Herausforderung. Die Küche hatte ein zünftigen Festmahl gezaubert, Schwiegervater hatte Tage zufuhr ein frisch erlegtes Reh hingebracht und der Koch bereitete daraus einen schmackhaftes Mittagsmenü. In der Zwischenzeit war auch mein großer Bruder nebst Familie eingetroffen und der gemütliche Teil des Festes konnte beginnen. Heiß war es an diesem Tag und nach dem Mittagessen strömten alle erstmal an die frische Luft zu einem Verdauungsspaziergang. Dagmar, meine Cousine aus Senftenberg war auch anwesend, sie bezeichnete die Feier später als ihr schönstes Ferienerlebnis.

Der Jagdkumpel von Schwiegervater, der hier im Ort ansässig war, entführte uns in sein Heiligtum, seinen Jagdzimmer und blies uns ein Ständchen auf seinem Jagdhorn. Er war stolz drauf und uns hat es gefallen.

Dann ging es auch schon zum Kaffee, denn eine reichgedeckte Tafel, mit lecker Torten und Kuchen wartete auf uns.

Auch Evchens Schwester mit Ehemann und Kindern, so wie ihr Bruder Peter waren unter der glücklichen Gästeschar, auch Onkel Horst und Tante Vera aus Halle durften nicht fehlen.

Für die richtige Stimmung sorgte auch die engagierte Disco, nur meine Schwägerin Lilo glänzte mit Abwesenheit, sie war mit ihrer Tochter aufs Zimmer gegangen, die Kleine fühlte sich bei so viel fremden Leuten unwohl. Zum Abendbrot wartete neben vielen ausgesuchten Köstlichkeiten auch kalter Rehrücken auf uns. Jeder konnte sich mit seiner Lieblingsspeise den Bauch voll schlagen und den angefutterten Bauch anschließend wieder abtanzen. Bis spät in die Nacht gingen die Feierlichkeiten, doch alles hat einmal ein Ende, „nur die Wurst hat zwei".

Am nächsten Morgen wurde erst mal richtig ausgeschlafen, zum Frühstück trudelten dann alle langsam wieder ein und danach fuhren alle wieder gen Heimat.

Danach wartete das Interlager wieder auf mich, wo noch zwei Arbeitswochen anstanden. Mit den Bulgaren machte ich noch einen Ausflug in den Harz nach Thale auf den Hexentanzplatz und rüber zur Ross-Trappe, das kam bei denen gut an, so hatte sie bei ihrem Aufenthalt in der DDR auch ein wenig Harz- Luft geschnuppert, was nach dem Gestank von BUNA sicherlich ein Hochgenuss war.

Auch gab es noch einen gemeinsamen Ernteeinsatz in Seeburg, hier war Sauerkirschernte angesagt und die Kirschen schmeckten vorzüglich.

Zum Abschlussappell des Interlagers hatte unsere Brigade zwar nicht den Wettbewerb gewonnen, wir wurden gute Zweite, aber ich erhielt für mein Engagement die „Arthur Becker- Medaille" in Bronze, was mich ein wenig mit Stolz erfüllte.

Danach machten Evchen und ich eine kurze Hochzeitsreise nach Möhlau. Dort wartete der Bungalow von Onkel Horst und Tante Vera, welcher als Feriendomizil die folgende Woche uns gehörte.

Mit dem Motorrad erkundeten wir die Umgebung, natürlich war direkt vor Ort auch ein herrlicher Badesee, eigentlich sind es sogar zwei und so verbrachten wir super erholsame Tage.

Den Rest der Semesterferien war Erholung angesagt, Evchen und ich machten ein paar Motorradtouren und ließen den Sommer ausklingen.

Vor uns lag das dritte Studienjahr, was ja seinen Höhepunkt im Bergfest finden sollte. Dafür waren aber noch reichlich Vorbereitungen in Angriff zu nehmen.

Wir tingelten gut geschmückt in die Vorlesungen unserer Hochschullehrer um reichlich Geld zu sammeln. Für die niede-

ren Studienjahre war das eine willkomme-
nen Ablenkungen, wenn wir mit viel Krach
und Gesang in ihre Vorlesungen stürmten,
ja so war es Tradition an unserer Hochschule. Auch organisierte ich auch einen
Arbeitseinsatz für unser Studienjahr bei
der Stadt, wo wir reichlich Geld dazu ver-
dienten. Ein Teil davon wurde am gleichen Tag bei einer Fete für die teilneh-
menden Mitstudenten verprasst so als
Vorfreudeveranstaltung für den Bergfestball.

Fleißig übte das Vorbereitungskommitee
für die bevorstehenden Feierlichkeiten,
womit wir Roger Kosteletzki und Frank
Schachow aus der 03 betraut hatten. Um
das Programm wurde ein großes Ge-
heimnis gemacht und wir waren schon alle neugierig, reichlich Geld dafür hatten
wir ja gesammelt und so rückte der Tag
im Oktober 1980, auch mit Spannung er-
wartet, heran.

Den Auftakt an diesem Tag machte ein
großer Umzug zum Vorlesungsgebäude
der VT, wo uns zünftige Festvorlesungen
von unserem Matrikelberater Dr. Lempe

und unserem Mathe- Dozenten Dr. Reinhold erwarteten.

In der Vorlesungspause warf sich Volker Leist mit Rock & Roll am Klavier mächtig ins Zeug, die Stimmung war am Kochen und alle Anwesenden stark begeistert.

Abends folgte dann im feinsten Zwirn im Klubhaus von IMO- Merseburg der Bergfestball.

Das Programm war super, die Jungs hatten sich was einfallen lassen, im Stil der Comedien Harmonists, wurde der Abend eröffnet, es folgten Cover- Versionen von „Rata, rata" und ähnlichen Krachern, bis hin zum Strip, wo vor allem die Mädels jubelnden. Als live- Band spielte das Zack- Set, das Bockbier floss in Strömen und es wurde ein langer Abend.

Eine Nachfeier gab es dann am nächsten Abend in „der Höhe", wir hatten auf Party- Modus geschaltet und das hielt noch ein paar Tage an.

Doch dann hatte der Studienalltag uns wieder eingeholt.

Am 26. Januar 1981 wurde dann an einem Montag unser Sohn geboren, Gregor war da. Ich fuhr mit dem Motorrad nach Ballenstedt, denn als Geburtsort hatten wir Quedlinburg gewählt, für Evchen war es wichtig, ihren Sohn in vertrauter Umgebung zu gebären und das war gut so, Mutter und Sohn sollten Geborgenheit um sich spüren.

In Merseburg hatten wir im Wohnheim jetzt Anspruch auf ein Familienzimmer, welches ich erst mal vorrichten musste, aber das tat ich gern, denn so hatten wir unser eigenes, wenn auch kleines Domizil.

Sohni wurde dann von allen Verwanden und Bekannten begutachtet, mein Vater war besonders stolz, den Gregor war der erste Enkel der ihn lachend begrüßte und so war die Brücke zur Verwöhnung gebaut.

Das wir die Zukunft, also Studium mit Kind meistern werden, daran hatten wir nie Zweifel, denn Herdis hatte ihr Studium wegen der Geburt ihrer Tochter damals 1978 verspätet begonnen und bis hier her gut gemeistert, also werden wir das auch schaffen, wir sind ja hier sogar zu zweit.

In dem Studienjahr hatten wir ein Baby-Boom in der VT 78, neben Gregor wurden noch drei andere Kinder geboren.

Zu den Studententagen 1981 wurde unsere Seminargruppe auch mit dem Titel „Sozialistisches Studenten- Kollektiv" geehrt.

So lange wir noch keinen Kinderkrippenplatz hatten, war unser Sohn vorrangig im Harz, dort hatten wir eine Kind- Betreuung und „Uiopa" fuhr Sohnemann täglich im Kinderwagen spazieren, auch sicherten die Schwiegereltern im Sommer die Zeit des Austauschpraktikums ab.

Dieses „Brak"-tikum, unser Leiter war Professor Brak, absolvierten wir in Pardubice an einer Technischen Hochschule in der CSSR. Wir lernten dort am Analog-Rechner, verbrachten aber auch eine Woche im Riesengebirge, wanderten dort unter anderen auch zur Schneekuppe und besuchte ein Auto- Cross- Rennen in Novi-Mesto. Auch der Besuch der Elbe- Quelle, in tschechischen „Labe" durfte nicht fehlen. Die letzten drei Tage verbrachten wir in Prag, besuchten dort natürlich auch das Ufleku. Mit bei dieser Auslandsreise waren von unserem Studienjahr auch Andreas und Carmen. Wir zehrten noch lange von den Erlebnissen.

Nach den Semesterferien wartete im vierten Studienjahr auf uns das halbjährige Ingenieurpraktikum. Evchen fuhr dafür regelmäßig nach BUNA, ich musste ins Kalibergwerk nach Sondershausen. Das bedeutete für uns eine lange Trennung, auch wenn ich an den Wochenenden in Merseburg war, bedeutete das doch eine harte Zeit, vor allem für Evchen die nun bei Schnee und Eis jeden früh mit dem Kinderwagen zur Kinderkrippe nach Merseburg West musste, um anschließend noch nach BUNA zu fahren und war immer allein die Woche über. Dazu kam das eines Abends auf dem Weg zu meinen Eltern sie überfallen wurde, den Schock hat sie bis heute noch nicht richtig verdaut.

Aber wir haben die Zeit überstanden. Ich hatte ja in Sondershausen eine sehr interessante Aufgabe. War dort unter Betreuung von Herrn Förster, einem ehemaligen

Klassenkameraden von meinem ältesten Bruder Wolfgang, mit der „Ermittlung des Stoffübergangskoeffizienten bei der Lösung von Carnalityt", welches im Versuch im Solungsprozeß, bei diesem speziellen Abbauverfahren auftrat. Auch hatte ich die Möglichkeit einmal mit unter Tage einzufahren und so eine Solungskammer, die bergmännisch erschlossen war zu besteigen, das sah aus wie in der Saalfelder Feengrotte, war schon echt cool.

Die Hausarbeit tippte mir meine Schwiegermutter auf der Schreibmaschine, solche Computer mit Word- Programm gab es damals noch nicht.

Die Arbeit fand bei ihrer Verteidigung im Wissenschaftsbereich an der Hochschule so einen Anklang, dass ich kurzfristig damit auch am „Studentischen Vorlesungstag" mit der Präsentation der Ergebnisse teilnehmen durfte.

Wir waren damit in den Kreis der Ingenieure aufgenommen, aber wir wollten ja noch mehr, das Diplom war unser aller Ziel, aber bis dahin blieb uns noch ein Jahr Zeit.

Es folgte ein Semester Spezial- Seminare und Fächern, wie Prozess- Verfahrenstechnik, Transportprozesse und Energiewirtschaft. Am Ende des Semesters warteten die sogenannten Hauptprüfungen, einschließlich in M/L auf uns. Ich hatte dabei ein glückliches Händchen, schloss PVT und M/L jeweils mit „sehr gut" ab und legte damit einen super Grundstein für das folgende Diplom.

Wir machten auch wieder mal eine Seminargruppenfahrt in den Harz. Diesmal waren wir in der Jugendherberge von Meisdorf unter gekommen, von wo aus wir unsere Wanderungen zur Burg Falkenstein und durch das Selketal starteten. Quedlinburg gehörte natürlich auch zu den Ausflugszielen.

In der Zwischenzeit wurde ich als Studienjahressekretär gewählt, da unsere bisherige Chefin ein Kind erwartete.

Als Seminargruppe bekamen wir in diesem Jahr den Titel „Hervorragendes Jugendkollektiv" verliehen. Die Ehrung erfolgte in Berlin im Staatsratsgebäude und wurde durch Willi Stoph vorgenommen. Anschließend speisten wir mit dem stellvertretenden Bildungsminister, bevor wir dann am Abend zum „Ball der Arbeiterjugend" im Palast der Republik geladen waren.

Als nächstes großes Ziel stand nun das Diplom auf dem Programm. Aber dazwischen lagen zu unser aller Freude die Semesterferien. Diesmal hatten Evchen und ich uns für das Austausch- Praktika in Ungarn entschieden.

Das verlief ganz anders als im Vorjahr. Hier besuchten wir jede Woche ein anderes Hauptquartier, so waren wir die erste Woche in Miskolc. Mit von der Partie waren von unserem Studienjahr Familie Pfeifer und auch wieder Carmen, als Betreuer standen uns Dr. Wiemann von der Technischen Mechanik und Thomas Rümenapp von der Energiewirtschaft zur Seite.

Von Miskolc aus besuchten wir Sehenswürdigkeiten und Betriebe der Umgebung. Die zweite Woche waren wir in Vesprem, wo sich unsere ungarische Partnerhochschule befand, auch besuchten wir hier den Palaton für drei Tage. Die letzte Woche ging es dann nach Budapest. Insgesamt hatten wir ca. 10 Betriebsbesichtigungen auf dem Programm, zu denen auch eine Whisky- Herstellung und eine Bierbrauerei gehörten, sehr interessant waren auch zwei Porzellan- Manufakturen.

Was für Evchen aber ein Graus war, waren die fast täglich stattfindenden langen Busfahrten, die sie meist nur stehend über sich ergehen ließ. Trotz allem fanden wir auch das Austausch- Praktika als gelungen, es galt ja auch dazu uns einen kleinen Einblick in unsere Zukunft, also die Arbeit in irgendeinem Betrieb, zu verschaffen.

Meine Diplomarbeit schrieb ich dann im Wissenschaftsbereich Technische Thermodynamik / Energiewirtschaft zum Thema „Kondensation von Gas- Dampf- Gemischen". Das war darin geschuldet, dass ich nach erfolgreichen Abschluss des Studiums nicht wie einst geplant bei der Interflug anfangen wollte, sondern eine Assistenz im o.g. Wissenschaftsbereich antreten wollte.

Aber zu vor stand die Diplomarbeit auf der Tagesordnung. Ich tat mich schwer einen Anfang zu finden, verspielte viel Zeit mit spontanen Bibliotheksbesuchen, kümmerte mich auch vorrangig um meinen Sohn, da Evchen eine Genesungsauszeit bei ihrer Schwester in Coswig- Anhalt nahm.

Ja letztendlich musste ich nun doch endlich mal anfangen. Ein Teil meiner Arbeit war das zukünftige Rechenprogramm schon auf Hinblick auf meine anschließend folgende Aspirantur, zur Auswertung der geplanten Versuchsreihen, zum Laufen zu bringen. Das geschah am Großrechner in Leuna. Geschrieben war das Programm auf Lochkarten, ja das war damals der technische Standard, heute noch kaum vorzustellen. Das gelang mir auch in vielen Nachtschichten, die ich eingelegt hatte, um in Leuna so viel Rechenzeit wie möglich zu bekommen.

Als zweites sollte ich eine mögliche Probenahmevariante für die Dampf- Gas-Gemische finden, welches mir nur bedingt gelang.

Trotz allem schaffte ich es die Diplomarbeit planmäßig noch im Februar 1983 einzureichen und mit dem Prädikat „gut" zu verteidigen, das war zwar weniger als mein Anspruch, aber es war geschafft.

Zum Studiumsabschluß machten wir als Seminargruppe eine mehrtägige Fahrt nach Dresden.

Für uns als Studienjahr VT 78 stand uns natürlich noch der Diplomantenball bevor.

Im Vorfeld hatte ich wieder einen Arbeitseinsatz für uns alle bei der Stadt Merseburg organisiert, welcher zur Mitfinanzierung des geplanten Balls beitragen sollte.

Nach bewährtem Muster organisierten wir für alle Teilnehmer noch am gleichen Abend eine Party, so konnten wir uns schon mal gut auf den großen Ball einstimmen.

Der Diplomantenball war dann auch ein gelungener Abschluss unseres gemeinsamen Studiums der Verfahrenstechnik. Zu vor wurden die Diplomzeugnisse in den einzelnen Wissenschaftsbereichen in feierlicher Atmosphäre übergeben.

Das stolze Ergebnis war, dass ca. zweidrittel der gemeinsam 1978 gestarteten Studenten ihr Ziel erreicht hatten und somit ca. 150 junge Diplomingenieure der

Volkswirtschaft der DDR zugeführt wurden.

Den guten finanziellen Schatz den wir in unserer Seminargruppenkasse angespart hatten, wurde nicht auf die Mitglieder verteilt, nein, ich ordnete an und damit fand ich auch breite Zustimmung, das Geld für zukünftige Seminargruppenfeiern zu verwenden. Wir hatten damit auch regelmäßig einen guten Grund uns mal wieder zu treffen. Das Geld reichte dann auch bis in die 90er.

Meine Zeit als Assistent

Im März 1983 begann meine Zeit als Assistent im Wissenschaftsbereich der Technischen Thermodynamik / Energiewirtschaft unter der Leitung von Professor Fratzscher. Mein Doktorvater war Dr. Würfel, der mein von zur Hälfte von Chemieanlagenbau Grimma finanzierten Aspirantur betreuen sollte.

Es lagen nun drei Jahre mit wenigen Hochs und tiefen Tiefs vor mir.

Herzstück meiner Forschungsarbeiten sollten experimentelle Untersuchungen der Kondensation von Dampf- Gas- Gemischen zunächst erstmal am vertikalen Einrohr- Wärme- Überträger sein.

Dazu kamen Lehrverpflichtungen zuerst im Fach Technische Thermodynamik.

Dazu besuchte ich in Vorbereitung auf die selber durchzuführenden Seminare die dazu gehörende Vorlesungsreihe von Professor Fratzscher.

Natürlich gab es auch gesellschaftliche Verpflichtungen, so leitete ich das FDJ-Studienjahr der von unserem Wissenschaftsbereich neu zu betreuenden Seminargruppe und war Mitglied der Hochschulgruppenleitung der FDJ, zuständig für die sozialistische Wehrerziehung, der in den frühen 80er Jahren in der DDR eine große Bedeutung zugeordnet wurde.

Mitglied im Fotoclub der Hochschule war ich natürlich auch noch und als erstes organisierten wir mal wieder einen Fotowettbewerb, dessen Fotos wir dann in einer Ausstellung allen zur Begutachtung offerierten.

Das kostete natürlich vor allem viel Zeit, die ich meiner wissenschaftlichen Arbeit vorenthielt und im Verzetteln war ich schon früher ein Meister.

Die Versuchsanlage hatten mir die Schlosser der Halle 4 über zwei Etagen reichend, in die oberen Stockwerke nach Vorstellungen von vorrangig Dr. Würfel installiert. Nun hieß es für mich sie mit Messtechnik zu bestücken und einen reproduzierbaren Versuchsablauf abzusichern. Als erstes musste die Verdampferleistung aufgerüstet werden. Dazu installierte ich eine zusätzliche elektrische Heizung, die ich mit Wärmeleitkitt an die Innenwand des Verdampfers klebte. Nun musste die ganze Anlage noch gescheit isoliert werden, also die Rohre vom Verdampfer bis hin zur Messstrecke. Sämtliche Temperaturmessstellen verkabelte ich mit einem Schreiber und eichte sie mit Eiswasser um eine akzeptable Messung durchführen zu können. Um später das Dampf- Gas- Gemisch in seiner Zusammensetzung vor der Messstrecke bestimmen zu können, organisierten wir eine Probenahme mit eigens dafür gefertigten Analyse- Röhrchen, die mit der Probe befüllt wurden um sie dann mittels Gaschromatographie zu analysieren.

Am Gaschromatograph fuhr ich in Folge Testreihen. Aber diese Arbeiten zogen sich über Monate hin.

Die ersten Versuchsreihen mit der Anlage fuhr ich mit Wasser, hier waren die zu erwartenden Ergebnisse hinreichend bekannt und mussten nun durch den Versuchsaufbau bestätigt werden, was auch zu unser aller Freude gelang, denn das zeigte auch, dass die projektierte Versuchsanlage voll funktionsfähig war.

Doktor Würfel und ich verteidigten unsere Ergebnisse mit Erfolg vor unserem Vertragspartner in Grimma und schraubten dort die Erwartungen auf das Gelingen weiterer Versuchsreihen nach oben.

Den Sommerurlaub verbrachten wir auf dem Fahrrad, sind von Merseburg aus nach Coswig- Anhalt geradelt, machten dort Station bei Vroni und Ecki, von dort weiter nach Magdeburg zu meinem Bruder Wolfgang. Dort fuhren wir viel Straßenbahn, weil das Gregor, unserem kleinen Sohn so gefiel. Auch besuchten wir noch den Magdeburger Zoo. Von Magdeburg aus ging unsere Tour dann in den Harz, natürlich nach Ballenstedt. Schwiegereltern freuten sich, mal wieder ihren Enkel zusehen. Auch nutzten wir unseren Aufenthalt hier für einen Waldspaziergang und das Enten- Füttern im Schloßpark durfte auch nicht fehlen. Nach zwei Tagen ging es dann zurück nach Merseburg. Ja, so ca. 250 km hatten wir bei unserer Rundfahrt runtergestrampelt und wir fühlten uns top in Form, tja, so einen Aktiv-Urlaub macht man doch leider viel zu selten.

In meiner Funktion als Wehrsportverantwortlicher an der Hochschule kreierte ich sogenannte Schützenfeste, bei denen Vertreter verschiedener Seminargruppen gegen eine Mannschaft des Lehrkörpers, nicht selten auch mit einem Professor in ihrer Reihe mit der KK- MPi im Schützen-Duell gegeneinander antraten. Die Siegermannschaft wurde mit Pokalen, meist Bierkrügen, geehrt, welche dann anschließend beim gemeinsamen Umtrunk in der nahegelegenen Clubgaststätte eingeweiht wurden. Ein anschließender Artikel mit entsprechenden aussagefähigen

Fotos in der nächsten Ausgabe des TH-Echos war natürlich Pflicht, klappern gehört ja bekanntlich zum Handwerk und alle hatten einen Anspruch auf Informationen, auch gerade weil es sich um eine Aktivität im Rahmen der sozialistischen Wehrerziehung handelte.

Im Herbst 83 schaffte auch Evchen ihr Diplom, sie musste, krankheitsbedingt Zeit verstreichen lassen und wechselte dann noch das Diplomthema, untersuchte letztendlich Sinovialflüssigkeiten von Gelenken auf ihre Fließeigenschaften im Wissenschaftsbereich von Christian, also bei der Verarbeitungstechnik und begann im Anschluss die Tätigkeit des Bereichsingenieurs im selben Wissenschaftsbereich.

Als Belohnung fuhren wir dann mit Dr. Würfel und Bekannten in die Sächsische Schweiz nach Bad Schandau. Dort nächtigten wir im Hotel „zur Krone".

Der Herbst als Malersmann hatte bereits dafür gesorgt, dass die Bäume mit ihren Baumkronen in den schönsten Farben erstrahlten, ja, es war ein goldener Herbst. Täglich hatten wir uns Wanderziele gesteckt.

Zuerst stand natürlich der Königstein, mit seiner uneinnehmbaren Festung auf dem Programm. Bei einer Führung ließen wir uns alle Highlights zeigen, es war schon eine beachtliche Meisterleistung, die die Bauleute damals ablieferten und bis heute davon Zeugnis ablegen.

Am nächsten Tag ging es quer durchs Elbsandsteingebirge zum Lilienstein und von dort wieder nach Bad Schandau zur bekannten Bastei. Ja, das verlängerte Wochenende hatte uns gut getan.

Zurück in Merseburg standen die Jahres-abschluss- Feiern auf dem Programm und in unserem Wissenschaftsbereich hatten wir uns was Besonderes einfallen lassen. Ein kleines Kulturprogramm durfte bei der feucht fröhlichen Feier natürlich nicht feh-len. Wir feierten bis spät in die Nacht, das störte auch nicht, denn der nächste Tag war Samstag, also Wochenende und alle konnten ausschlafen.

Nein die Bereichsfeiern waren immer toll, Frau Panse, eine unserer Labormäuse, hatte schon ein Händchen für solche Feierlichkeiten, egal ob es sich um, wie in diesem Fall, die Jahresabschluss- Feier oder auch um Promotionsfeiern handelte.

Der März 84 folgte und mein erster Jahresforschungsbericht stand auf der Tagesordnung. Mit der Hilfe von Dr. Würfel hatten wir einen anspruchsvollen wissenschaftlichen Rechenschaftsbericht zusammen gezaubert, Professor Fratzscher schien begeistert und lobte die Leistung, denn für das erste Jahr war das schon beachtlich, tja, Dr. Würfel hatte eine gute Vorarbeit geleistet und ließ mich in einem strahlenden Licht erscheinen. Das setzte natürlich den Anspruch für das nächste Jahr verdammt hoch, vielleicht doch zu hoch, denn ich war ganz schön ausgebrannt und dabei lag der längere Teil des Weges noch vor mir.

Wir wohnten immer noch im Wohnheim, also zu Dritt in einem Zimmer und auch die Nähe zur Hochschule erschwerte eine mögliche, aber unbedingt notwendige Reproduktion.

Auch waren meine Eltern all gegenwärtig und mit jeder Kleinigkeit standen sie vor der Tür oder dem Balkon, welcher unglücklicher Weise die Zufahrt zur Wäschekammer unter sich verbarg und somit einen ungehinderten Zugang zu unserem Balkon im Hochparterre bot.

Dazu kam erschwerend, dass ich mich auf eine Seitensprung- Affäre eingelassen hatte, die harmlos als Flirt zwischen zwei FDJ- Funktionären begann, denn es war auch noch während einem Schulungswochenende in einer Jugendherberge in Bernburg, wo ich mich dann nach dem Genuss von reichlich Alkohol auf ein intimes Liebesspiel mit einer dick busigen, blonden Schönheit („es gibt keine hässlichen Frauen, es gibt nur zu wenig Alkohol") eingelassen hatte, welches sich dann an der Hochschule meist neben dem Genuss einer Flasche Rotwein in ihrem Wohnheimzimmer fortsetzte. Auch wusste ich zu dem Zeitpunkt nicht, wie ich aus dieser Nummer wieder rauskomme und so nahm der Sexrausch, meist am Vormittag zwischen den Lehrverpflichtungen, seine Fortsetzung. Das belastete im nüchternen Zustand gesehen mich schwer.

Zur Promotion gehörte in der DDR auch eine weitere Qualifizierung im Studium der Klassiker, nicht dass ich mit der Dialektik des Marxismus schon voll ausgefüllt war, trieb mich mein Ehrgeiz dazu noch bei „Chronik der Geschichte der FDJ an der THLM" mitzuschreiben. Aber daran hatte ich mich verschluckt, wollte aus den Quellen noch mehr brisante Szenen herausfiltern um den Spannungsbogen weiter zu erhöhen, saß dafür halbe Nächte lang vor einem großen Aktenberg und las und las, doch der Weisheit letzten Schluss fand ich nicht, schlimmer noch, ich fand noch nicht mal den Anfang der Geschichte, um den mir vorgegebenen historischen Zeitabschnitt zusammenzufassen.

Der Zustand der Unzufriedenheit machte mich krank, nichts wollte mehr so richtig gelingen, selbst die Seminare, die ich gab, befriedigten mich, trotz erhöhten Vorbereitungsaufwandes, nicht im Geringsten, es gab nur noch Selbstzweifel und der Erfolgsdruck, den ich mir selber aufbaute, erwuchs ins Unermessliche. Wo sollte das hinführen? Entsprechend meinem gestresstem Zustand fertigte ich eine Wandzeitung zum Thema „Mensch, Opfer seiner selbst?!". Im Mittelpunkt war das Foto einer attraktiven Frau und um sie herum waren die verschiedensten Einflussfaktoren mit Pfeilen auf sie gerichtet, in dem es um Umweltverschmutzung, Krieg, Hunger aber auch Lärm und tätlichen Angriff auf ihre Persönlichkeit ging. Das Wandzeitungsprojekt wurde viel diskutiert und interpretiert, wie mir später unter dem Siegel der Verschwiegenheit zugesteckt wurde, bin ich damit nur knapp einem Parteiverfahren entgangen und nur aufgrund meiner bisherigen Erfolge und Zeugnis meiner Parteitreue wurde davon Abstand genommen. Ja so empfindlich waren unsere Parteifunktionäre.

Langsam drehte ich voll am Rad, dazu kam erschwerend, dass ich nicht mehr Abschalten konnte, in den Nächten wälzte ich mich nur hin und her, Schlaf konnte ich kaum noch finden. Der Zustand wurde für mich unerträglich.

Eines Sonntag morgens stand ich dann auf dem Balkon in der 9. Etage unseres Wohnheimes. Nur Panik im Kopf und voller Selbstzweifel schaute ich vom Tisch, den ich vor die Brüstung des Balkons gestellt hatte, in die Tiefe. Endlich Schluss machen, den befreienden Sprung nach unten nur noch ein wenig rauszögernd, lief mein verpfuschtes Leben im Schnelldurchlauf noch mal vor meinen Augen ab, keine Zukunftsaussicht am Horizont, nur Zweifel und Marter so dass mein Kopf zu zerbarsten drohte. Nur den einen Schritt noch und dann die Erlösung in der eigenen Vernichtung.

Der Sowjetsoldat auf seinem Postengang schaute zu mir hoch und winkte mir zu.

Ich wurde aus meinem selbstzerstörerischen Gedanken gerissen, stieg vom Tisch. Nein, das konnte noch nicht alles gewesen sein. Ich schüttelte den Kopf, holte tief Luft, stellte den Tisch wieder in die Zimmermitte, verließ das Zimmer in der 9. Etage und ging runter zu meiner Familie, wo sicherlich meine Frau mit unserem Sohn schon auf mich wartete. Das Leben wird schon irgendwie weiter gehen, auch war ich doch neugierig, wie sich unser Sohn mal entwickeln wird, wollte sehen , wie er wächst und zum jungen Mann heran reift.

Ich lies mich dann für sechs Wochen krankschreiben, fuhr mit meiner Familie in den Harz zu meinen Schwiegereltern und wollte bei Waldspaziergängen und Gartenarbeit wieder zu mir finden.

Das Leben ist schön und bringt jeden Tag neue Überraschungen mit sich, also liebe Leser, verdrängt die trüben Gedanken, der nächste Tag hat neue Chancen im Gepäck, lasst uns diese meistern.

BIS ZUM NÄCHSTEN MAL !

Literaturverzeichnis

Guse, E. (1980). *Merseburg.* Leipzig: VEB F.A. Brockhaus Verlag Leipzig.

Kleinbauer, D. (1992). *Merseburg.* Berlin: Nicolaische Verlagsbuchhandlung Beuermann GmbH.

Stekovics, J. (kein Datum). Der Dom zu Merseburg. Evangelisches Kirchspiel Merseburg.

Herstellung und Verlag:
BoD - Books on Demand, Norderstedt
ISBN 978-3-7460-3014-2